도산 안창호 이야기

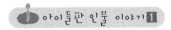
아이들판 인물 이야기 ①

도산 안창호 이야기

사단법인 도산안창호선생기념사업회 편

윤지강 글 | 원유미 그림

아이들판

도산 선생에게 배워야 할 때

안녕하십니까? 도산안창호선생기념사업회 회장 김재실입니다.

지난 2005년에 처음으로 발간된 『도산 안창호 이야기』가 이번에 다시 출간되게 되었습니다.

도산 선생은 일제강점기 우리 민족의 독립과 민족부흥을 위하여 일생을 바치신 애국자이시며 선각자이셨습니다. 선생은 1878년 11월 9일 평안남도 강서군 초리면에서 탄생하시어 1938년 3월 10일 지금의 서울대병원에서 순국하실 때까지 육십 평생 오직 독립을 위하여 몸 바치신 독립운동가요 애국자이셨습니다.

도산 선생은 우리가 일본의 식민지가 된 것은 우리가 힘이 없었기 때문이라고 하시면서 힘을 강조하였으며 이 힘은 바로 교육과 인격훈련 및 신성단결에서 나온다고 하면서 교육 계몽운동을 전개하셨습니다. 그래서 선생께서는 점진학교(1899년 강서군 동진면), 대성학교(1907년 평양), 동명학원(1924년 중국 남경)을 설립하는 등 청소년 교육을 몸소 실천하셨습니다.

또한, 선생께서는 국민 각자가 건전한 인격을 갖는 자기혁신만이 힘의 원천임을 강조하고 민족부흥 운동단체인 홍사단을 조직하여 무실역행 충의용감의 정신을 강조하였습니다. "그대가 사회개조를 원하느냐, 그러면 먼저 그대부터 자기혁신을 하라"고 하셨습니다. 도산 선생은 자아혁신에서 더 나아가 이렇게 훈련된 인재들이 신성단결을 이루는 것이 민족 부흥운동의 기초라고 하면서 가는 곳마다 단체를 만들어 운동을 전개하셨습니다.

미주 이민 초기에 공립협회, 국민회를 조직하는 것을 필두로 하여 흥사단을 창립하고 국내에서는 청년학우회, 신민회, 수양동우회 등을 조직하여 모든 운동을 나 혼자만이 아니라 동지들을 모으고 함께 힘을 합하도록 지도하신 것이 도산 선생의 독립운동 방식이라고 할 수 있습니다. 이와 같은 도산 선생의 원대한 사상과 독립운동 방향을 이해하는 데에 젊은 세대들에게는 생소한 점도 없지 않은 것도 사실입니다.

그런데 이번에 발행되는 『도산 안창호 이야기』는 소설가이신 윤지강 선생님께서 도산 선생의 생애와 민족운동의 깊은 뜻과 방향을 소설식으로 기술함으로써 청소년 학생들이 쉽게 이해할 수 있음은 물론 독자들이 도산 선생에게 한층 더 가까이 다가갈 수 있게 되었습니다.

아무쪼록 이 책이 널리 보급되어 읽힘으로써 일제강점기의 역사에 대한 깊은 이해와 국난에 처했을 때 도산 선생의 고뇌와 조국 광복을 위하여 어떻게 방략을 세우고 헌신했으며 희생했는가를 조명함으로써 암울했던 민족 수난의 역사를 잊지 않고 되새기며 새로운 미래를 설계하는 계기가 되기를 바랍니다.

끝으로 이 책이 나오기까지 집필하신 윤지강 선생님께 감사드리며 또한 발행을 위해 지원해주신 조성명 강남구청장님과 점촌학원 이건선 이사장(도산기념사업회 고문) 그리고 명경재단의 강영희 이사장(도산기념사업회 이사)께 감사드립니다.

2023년 초여름
도산안창호선생기념사업회 회장 김 재 실

도산 안창호 이야기

나는 밥을 먹어도 대한의 독립을 위해,
잠을 자도 대한의 독립을 위해 해왔다.
이것은 내 목숨이 없어질 때까지 변함이 없을 것이다.

─ 도산島山 안창호安昌浩

1. 유년시절

대동강의 푸른 물결이 기운차게 흘러가고 있습니다. 초겨울의 바람은 쌩쌩 소리를 내며 강을 따라 달리고 있습니다. 강물은 하류에 이르러 도롱섬이라는 작은 마을을 안고 흐릅니다. 도롱섬 한복판에 자리잡은 아담한 초가집의 굴뚝에서 흰 연기가 뭉게뭉게 피어오르고 있습니다. 부엌의 아궁이에서는 장작불이 활활 타오르고 가마솥 뚜껑을 여는 할머니의 이마에 굵은 땀방울이 흘러내립니다.

할아버지가 헛기침을 하며 부엌을 들여다보았습니다.

"어흠! 할멈, 아직도 멀었소?"

"영감, 아기 낳는 일이 그리 쉬운 일인 줄 아세요? 여기 와서 불이나 좀 지키세요."

할머니는 따뜻한 물이 담긴 대야를 들고 안방으로 들어갔습니다. 할아버지는 아궁이 앞에 앉아 장작을 더 넣었습니다.

사랑방에서는 사내아이 둘이 눈망울을 반짝거리며 재잘거립니다.

"형, 할머니가 이번에도 사내아이일 거라고 하셨어."

"난 예쁜 여동생이 태어났으면 좋겠다."

"난 사내아이가 태어나는 게 좋아. 그래야 나도 형이 되잖아."

어디선가 날아온 까치가 감나무 가지에 앉아 까악 까악 울기 시작했습니다. 할아버지는 마당 쪽을 내다보며 흐뭇한 미소를 지었습니다.

"어허! 길조로다!"

한참 후 안방문이 열리고 할머니가 큰 소리로 외쳤습니다.

"고추예요! 고추!"

갓난아기의 울음소리가 온 집안에 우렁차게 울려 퍼졌습니다. 아기의 탄생을 기다리던 아이들은 손뼉을 치며 좋아했습니다. 1878년 11월 9일, 안창호는 아버지 안흥국과 어머니 황몽운의 셋째아들로 태어났습니다.

평안남도 강서군 초리면 칠리 봉상도가 창호가 태어난 고향입니다. 할아버지는 붉은 고추와 숯, 청솔가지를 엮은 금줄을 내걸었습니다. 금줄은 새로 태어난 아기에게 부정이 타지 않도록 문간에 매는 새끼줄입니다. 금줄을 걸어 낯선 사람들이 함부로 들어올 수 없게 해 아기를 병으로부터 보호하려는 것입니다.

아버지 안흥국은 가난한 선비로 농사를 지었으며 어머니 황몽운은 글을 깨우치진 못했으나 지혜롭고 대범했습니다. 안흥국은 농토가 없어 가족을 데리고 여러 곳으로 이사를 다녀야 했지만 가난에서 벗어날 수 없었습니다.

창호가 일곱 살이 되었을 때 아버지가 돌아가셨습니다. 창호

가 열세 살이 되었을 때 집안은 남부산면 노남리로 이사했습니다. 열네 살부터 열여섯 살까지는 결혼한 형을 따라 잠시 강서군 심정리에서 살기도 했습니다.

창호가 두 살 때의 일입니다. 어느 날 낮잠에서 깨어나 보니 집안이 텅 비어 있었습니다. 모두들 들일을 하러 밖으로 나간 것입니다. 창호는 방문을 열고 마루로 기어 나왔습니다. 마당에는 노란 병아리들이 어미 닭을 졸졸 따라다니며 모이를 쪼고 있었습니다.

창호는 마룻바닥에 엎드려 병아리들을 바라보았습니다. 어미 닭이 부리로 모이를 콕콕 찍어 병아리 앞에 놓아주면 병아리는 콕콕 찍어 먹었습니다. 그 광경을 바라보던 창호는 갑자기 마루를 기어 내려오기 시작했습니다. 창호는 한번도 마루에서 굴러 떨어진 적이 없습니다. 언제나 발끝을 마당 쪽으로 두고 거꾸로 기어 내려오니까요.

창호는 마루를 살살 기다가 발바닥이 봉당에 닿자 끙차, 하고 일어섰습니다.

"허허허. 우리 셋째 뱃속에는 능구렁이가 스무 마리는 들어 있단 말이야."

할아버지는 꾀돌이인 손자를 보고 늘 그렇게 말했습니다.

"병아리야, 엄마 찾아가자."

병아리들이 창호의 말에 대답이라도 하는 것처럼 귀여운 목소리로 합창했습니다.

"삐악! 삐악! 삐악! 삐악!"

창호는 병아리들을 따라 아장아장 걸어 옆집으로 갔습니다. 옆집의 개똥이 어머니는 마루에서 물레질을 하고 있었습니다. 개똥이 어머니의 커다란 젖가슴이 짧은 저고리 밑으로 훤히 보였습니다. 그 당시에는 첫아들을 낳은 여인이 젖을 드러내는 것은 조금도 부끄러운 일이 아니었습니다. 오히려 그것을 자랑스럽게 생각했습니다. 남아 선호 사상(옛날부터 우리 나라에 뿌리 깊이 박힌 생각으로 남자는 귀하고 여자는 천하다는 사고방식)의 풍속이었지요.

창호는 마루 위로 기어올라가 개똥이 어머니의 젖을 물고 꿀꺽꿀꺽 빨아먹었습니다.

"찌찌 다 먹었다! 헤헤헤."

실컷 젖을 먹은 창호는 마루 위에 벌러덩 드러누웠습니다. 물레질하던 손을 멈추고 아기를 바라본 개똥이 어머니는 그만 웃음을 터뜨리고 말았습니다. 탐스럽게 젖을 빨아먹은 아기가 자기 아들인 줄로만 알았으니까요.

"아유! 창호가 우리 아기 밥을 다 먹었구나!"

개똥이 어머니는 창호의 볼기짝을 소리가 나게 찰싹 때렸습니다. 창호는 개똥이 어머니를 향해 방그레 미소를 지었습니다. 그러고는 마루를 기어 내려갔습니다. 사립문 앞까지 걸어간 창호는 개똥이 어머니에게 고개를 까딱 숙여 인사를 했습니다.

개똥이 어머니는 이마의 땀을 훔치며 창호를 향해 환하게 웃어주었습니다.

'우리 개똥이는 날마다 마루에서 굴러 떨어지는데 저 아이는

정말 영리해. 남의 아이지만 보면 볼수록 예쁘다니까.'

개똥이 어머니는 다시 물레질을 하기 시작했습니다.

창호가 일곱 살이 되자 할아버지는 한문을 가르쳐 주었습니다. 아홉 살이 되면서부터는 한문서당에 다니면서 사서삼경을 배웠고 열세 살부터 유학을 공부했습니다. 유학이란 중국의 성현인 공자와 맹자의 가르침을 말합니다.

창호가 아홉 살 때의 일입니다.

마을에는 술주정뱅이 할아버지가 살고 있었습니다. 그 할아버지는 술에 취하면 할머니를 마구 때리며 행패를 부렸습니다. 그 할아버지가 술에 취하면 마을 사람들은 아무도 그 집에 얼씬거리지 않았습니다.

어느 날 서당에서 돌아오던 창호는 할머니의 비명소리를 들었습니다. 울타리 사이로 들여다보니 술에 취한 할아버지가 할머니를 마구 때리고 있었습니다. 창호는 가슴이 막 쿵쾅거렸습니다. 창호는 무서운 마음이 들었지만 매맞는 할머니를 모른 척하고 지나갈 수가 없었습니다. 창호는 마음을 크게 먹고 사립문 안으로 성큼 들어갔습니다.

"웬 놈이냐?"

할아버지가 무섭게 눈을 부릅뜨고 창호를 노려보았습니다. 할머니가 깜짝 놀라 창호의 등을 떠밀었습니다.

"어이구! 아가야, 큰일난다, 큰일나. 어여 가거라, 어여!"

할머니의 주름진 얼굴 위로 굵은 눈물방울이 흘러내렸습니다. 창호는 조그만 두 팔로 할머니의 앞을 가로막았습니다.

"할아버지! 할머니께 무슨 죄가 있다고 이러세요? 할아버지께서 날마다 술을 드시니 할머니가 혼자서 힘든 논일 밭일을 다 하셔요. 며칠 전에도 할머니는 허리가 아프시다며 밭둑에 앉아 계셨어요."

창호의 눈에서 저도 모르게 눈물이 뚝뚝 떨어져 내렸습니다.

"할아버지, 제발 할머니를 때리지 마세요! 제가 이렇게 빌겠습니다!"

창호를 물끄러미 바라보던 할아버지가 갑자기 땅바닥에 털썩 주저앉았습니다.

"아이고! 이놈의 술이 웬수다! 웬수야! 다 늙은 내가 어린애한테 이게 무슨 망신이냐?"

할머니가 할아버지의 손을 잡아 일으키고 바지에 묻은 흙을 털어 주었습니다. 할아버지는 할머니의 손을 잡고 눈물을 흘렸습니다.

"할멈, 미안해요, 미안해. 그 동안 정말 당신에게 죽을 죄를 지었소. 내 두 번 다시 술을 입에 대면 성을 갈겠소."

그날부터 할아버지는 다시는 술을 마시지 않았습니다.

어느 날 길을 가다 창호와 마주친 할아버지는 쥐구멍에라도 들어갈 것처럼 쩔쩔매면서 창호의 손을 꼭 붙잡았습니다.

"어린 네가 나의 은인이야. 지금까지 아무도 내게 그런 말을 해준 사람이 없었단다."

그후 할아버지는 비록 남의 농토일 망정 열심히 일을 했고 할머니와 행복하게 살았다고 합니다.

아침 일찍 일어난 창호는 소에게 여물을 먹이고 부지런히 서당으로 향했습니다. 초겨울의 바람이 창호의 뺨에 차갑게 부딪치며 지나갔습니다. 창호는 책보를 단단히 동여매고 서당을 향해 달리기 시작했습니다. 바람이 창호와 시합이라도 하려는 것처럼 쌩쌩 소리를 내며 뒤쫓아왔습니다.

창호의 이마에는 굵은 땀방울이 방울방울 맺혔습니다. 창호는 이마의 땀을 쓱쓱 닦으며 서당으로 들어섰습니다. 서당 입구에는 이암이 엉거주춤 서 있었습니다.

"넷째야, 왜 들어가지 않고 거기 서 있니?"

이암의 별명은 넷째입니다. 셋째아들로 태어난 창호가 셋째로 불려지는 것과 같은 이유이지요. 이암은 곧 울음을 터뜨릴 것처럼 울상을 짓고 있었습니다.

"셋째야, 오늘도 나는 회초리를 맞을 운명이야."

이암은 훈장인 이석관의 동생으로, 글공부 때문에 강 건너의 집을 떠나 형의 집에서 살고 있었습니다. 그런데 공부를 게을리해 형의 속을 태웠습니다. 그날도 이암은 숙제를 해오지 않아 서당 밖에서 얼쩡거리고 있는 것입니다.

"넷째야, 그러게 왜 공부를 게을리 하니?"

"책만 보면 졸음이 쏟아지는 걸 어떡해. 난 정말 공부하고는

담을 쌓았나봐."

　창호는 이암의 풀죽은 모습을 보자 가엾은 생각이 들었습니다. 순간 창호의 머릿속에 반짝 하고 불이 켜졌습니다. 마을의 어떤 아이도 창호처럼 꾀를 잘 내는 아이는 없었습니다. 전쟁놀이를 할 때마다 아이들은 서로 창호의 편이 되겠다고 다투고는 했습니다.

　"넷째야. 오늘은 내가 도와줄게. 하지만 다음부터는 반드시 숙제를 해오는 거야. 알겠어?"

　"알았어, 약속할게."

　이암은 창호에게 새끼손가락을 내보였습니다. 창호는 서당 한 구석에 세워져 있던 돗자리로 이암을 둘둘 말아 다시 잘 세워 놓았습니다.

　"야, 공부가 끝날 때까지 숨소리도 내지 말고 가만히 있어, 알겠어?"

　"히히히. 알았어, 창호야. 숨소리도 내지 않을게."

　아이들이 키득거리며 웃어댔습니다.

　"킬킬킬, 야, 창호야, 다음번에는 나도 숨겨줘라, 응?"

　"아니야, 나야, 창호야, 내가 지난번에 군고구마 준 것 잊지 않았지?"

　"쉿! 조용! 너희들 입 다물고 있어, 알겠어? 진정한 우정이란 말이야, 친구를 곤경에서 구해 주는 거야."

　그 때 훈장님이 헛기침을 하며 서당 안으로 들어왔습니다.

　"어험! 이놈들, 글은 안 읽고 웬 소란인고!"

아이들은 일제히 입을 다물고 소리 높여 글을 읽기 시작했습니다.

부생아신(父生我身)이니, 아버지께서 내 몸을 낳아주시고
모국아신(母鞠我身)이니, 어머니께서 내 몸을 기르셨으며
복이회아(腹以懷我)이니, 배로 나를 품어주시고
유이포아(乳以哺我)이니, 젖으로 나를 먹여 주셨도다.

훈장님이 길게 기른 수염을 쓰다듬으며 아이들을 둘러보았습니다.

"그런데 어째 넷째가 보이지 않느냐?"

아이들은 시치미를 뚝 떼고 책에다 눈을 박았습니다.

"이놈이 글공부를 하기 싫어 도망쳤구나. 그래, 안채에 들어가 찾아오너라."

훈장님이 맨 앞에 앉은 아이에게 이암을 잡아오라고 시켰습니다. 돗자리 속의 이암은 조마조마한 마음에 저절로 한숨이 새어나왔습니다. 이암은 입술을 앙 물었습니다.

잠시 후 돌아온 아이는 이암이 안채에 없다고 말했습니다.

그 때 안채에 있던 훈장님의 부인이 헐레벌떡 서당으로 건너왔습니다.

"여보, 도련님이 없어졌다구요? 혹시 강 건너 집으로 가신 것이 아닐까요?"

철없는 이암이 형의 회초리가 무서워 강을 건너갔다면 여간

큰일이 아닙니다. 초겨울의 강물은 아직 단단히 얼지 않았으니까요. 잘못 건너가다 얼음이 깨지면 강물에 빠져 죽기 십상이었습니다. 훈장님은 여간 걱정이 되지 않았습니다.

"허! 참, 이놈이 언제나 철이 들려는지……."

창호는 안절부절못하며 엉덩이를 들썩거렸습니다. 돗자리 속의 이암도 애가 타서 숨을 꼴깍 삼켰습니다. 그 때 뒷자리에 앉은 아이가 큰 소리로 말했습니다. 그 아이는 서당에 지각한 탓에 아무것도 모르고 있었습니다.

"훈장님, 아까부터 돗자리 속에서 이상한 소리가 납니다."

그 소리는 돗자리 속에 숨은 이암이 내쉬는 한숨 소리였습니다. 돗자리 속을 들여다본 훈장님은 기가 막혀 버럭 고함을 질렀습니다.

"예끼 놈! 어서 나오지 못하겠느냐?"

"킥킥킥!"

"우히히히!"

아이들은 터져나오려는 웃음을 간신히 참고 있었습니다.

"어허! 시끄럽다. 조용히 하지 못하겠느냐?"

훈장님은 고함을 질렀지만 마음속으로는 안도의 한숨을 내쉬었습니다. 그렇다고 그냥 넘어갈 훈장님이 아닙니다. 이암은 파랗게 질려 벌벌 떨고 있었습니다.

"이놈! 종아리를 걷어라. 너 때문에 공부가 늦어졌으니 회초리 열 대다."

창호는 가만히 앉아 있을 수가 없었습니다. 벌떡 일어나 훈장님 앞으로 나섰습니다.

"훈장님, 넷째는 아무 잘못이 없습니다. 모두 제가 시킨 일입니다."

"그럼 너도 함께 회초리를 맞아야지, 안 그러냐? 너희들 생각은 어떠하냐?"

아이들이 커다란 목소리로 대답했습니다.

"아닙니다. 훈장님, 창호는 친구를 위해 그랬습니다. 용서해 주세요."

"하하하! 너희들의 생각이 그렇다면 오늘은 용서해 주겠다. 하지만 다음에 또 숙제를 해 오지 않거나 친구를 숨겨주면 두 배로 회초리를 맞을 거야."

"예! 훈장님."

감나무에 앉았던 새들이 아이들의 함성에 놀라 후드득 하늘로 날아올랐습니다.

2. 노내미집 셋째아들

아버지가 돌아가신 후 할아버지가 어린 창호를 가르쳤습니다. 할아버지는 동네에서 호랑이라고 소문이 날 만큼 무서웠습니다. 우물가에서 물을 긷던 동네 아낙들은 호호 하하 떠들다가도 창호의 할아버지가 보이면 입을 꼭 다물었습니다. 할아버지가 지나간 후에야 다시 이야기 보따리를 풀어놓았습니다.

창호가 남부산면 노남리로 이사한 것은 열세 살 때이지요. 노내미는 노남리의 다른 이름입니다. 셋째아들로 태어난 창호를 마을 사람들은 노내미집 셋째라고 불렀습니다.

햇볕이 쨍쨍 내리쬐는 어느 무더운 여름날입니다. 길가의 미루나무 위에서 매미들이 시끄럽게 울고 있었습니다. 서당에 다녀오던 창호는 걸음을 멈추고 나무 위를 올려다보았습니다.

"매미들은 정말 쉬지도 않고 노래를 부르는구나. 매앰맴, 매앰맴……"

창호는 매미들의 흉내를 내보았습니다. 갑자기 장난기가 일어난 창호는 두 손을 앞으로 내밀어 크게 벌리고 일장 연설을 시작했습니다.

"여기 모이신 매미 여러분! 저는 노내미집 셋째아들, 안창호입니다."

창호의 음성은 푸른 하늘로 높이 날아올랐습니다. 매미들은 창호의 연설을 듣는지 마는지 쉬지 않고 울어댔습니다.

"짝짝짝! 아, 참으로 좋은 연설입니다."

창호는 제 말에 자기가 박수를 쳤습니다. 창호는 이마의 땀을 닦고 다시 길을 걷기 시작했습니다.

저만치 칠성이네 참외밭이 나타났습니다. 푸른 덩굴 사이로 보이는 노란 참외가 창호의 눈에 쏙 들어왔습니다. 노랗게 익은 참외를 보자 창호의 입안 가득 군침이 돌았습니다.

'아! 저 달콤한 참외를 한 입 사악 베어물면 어떤 맛일까?'

칠성이 아버지는 원두막에 앉아 꼬박꼬박 졸고 있었습니다. 창호는 퍼뜩 한 가지 꾀를 떠올렸습니다.

"아저씨! 아저씨!"

창호는 다급하다는 듯이 칠성이 아버지를 불렀습니다. 칠성이 아버지는 게슴츠레한 눈을 뜨고 창호를 건너다보았습니다.

"어, 노내미집 셋째로구나. 무슨 일인데 숨이 차서 달려오는 거냐?"

"아저씨, 저 좀 숨겨주세요, 우리 할아버지가 쫓아오셔요."

"무슨 잘못을 저질렀는데 그러느냐?"

"아저씨, 전 잘못한 것이 없어요. 할아버지에게 잡히면 회초리가 열 대예요."

"하하하, 호랑이 영감님께서 착하디착한 셋째를 왜 혼내시는지 모르겠구나. 저기 밭고랑에 꼼짝 말고 엎드려 있거라."

마음씨 좋은 칠성이 아버지는 참외밭 고랑을 가리켰습니다. 창호는 밭고랑 속에 배를 깔고 엎드렸습니다. 창호의 눈 바로 앞에 참외가 주렁주렁 달려 있었습니다.

"우와! 참외야!"

창호는 자기도 모르게 탄성을 질렀습니다.

"뭐라고? 셋째야, 지금 뭐라고 했느냐?"

"아, 아니에요. 아저씨, 우리 할아버지가 오시나 해서요."

"걱정 마라. 할아버지가 오시면 네가 저쪽 길로 달아났다고 하마."

창호는 눈을 지그시 감고 참외 가까이로 코를 가져갔습니다. 참외의 달짝지근한 향기가 코 안으로 스며들었습니다. 창호는 참외 한 개를 뚝 따서 와삭 깨물었습니다.

'아! 이 맛이야! 하늘의 옥황상제님도 이렇게 맛있는 참외를 잡수신 적은 없을 거야.'

창호의 귀에는 이제 매미들의 시끄러운 노랫소리도 들리지 않았습니다. 창호는 몇 개씩이나 참외를 실컷 따먹었습니다. 한참 후 창호는 옷에 묻은 흙을 툭툭 털어내고 밭고랑에서 걸어나왔습니다.

"아저씨, 우리 할아버지가 지나가셨어요?"

칠성이 아버지의 눈에 창호의 입가에 달라붙은 노란 참외 씨앗이 보였습니다. 칠성이 아버지는 터져 나오려는 웃음을 간신

히 참았습니다.

"으흠, 으흠. 셋째야, 할아버지는 다른 길로 가셨나 보구나."

칠성이 아버지는 곁눈을 살짝 뜨고 창호의 하는 모양을 지켜보았습니다. 창호는 천연덕스럽게 인사를 했습니다.

"아저씨, 숨겨 주셔서 감사합니다. 이 은혜는 나중에 반드시 갚겠습니다."

창호가 저만치 사라진 후에야 칠성이 아버지는 참았던 웃음을 터뜨렸습니다.

"후하하하. 아무튼 재미있는 녀석이야. 우리 칠성이가 저 녀석 반만 따라가도 좋을 텐데. 어린 녀석이 아주 배짱이 두둑하단 말이야, 장래 뭐가 되도 될 놈이야."

집에 돌아간 창호는 엉겁결에 참외밭에서의 일을 말하게 되었습니다. 어머니의 안색이 무섭게 변했습니다.

'우와, 큰일이다. 요 입이 방정이구나. 난 이제 죽었다.'

창호는 손바닥으로 자기 입을 가리며 후회했지만 소용없는 일이지요. 어머니는 창호를 방안으로 불러들였습니다.

"이 에미가 그렇게 가르쳤느냐?"

"아니에요, 어머니."

"네 잘못이 무언지 말해 보아라."

"첫째, 거짓말을 하였고, 둘째, 남의 것을 제 마음대로 먹었습니다."

"오늘은 매를 맞는 것으로 용서하겠지만 두 번 다시 이런 일이 있을 때는 너는 내 자식이 아니다, 알았느냐?"

"네, 어머니."

어머니는 회초리를 들어 창호의 종아리에 피가 맺히도록 때렸습니다. 눈에서 눈물이 뚝뚝 떨어져 내렸지만 창호는 이를 악물고 울음소리를 내지 않았습니다.

"또다시 그런 거짓말로 남을 속일 테냐?"

"아니에요, 어머니. 다시는 거짓말을 하지 않겠어요."

"죽더라도?"

"네, 죽더라도 거짓말을 하지 않겠어요."

죽더라도 거짓말을 해서는 안 된다는 생각은 이 때부터 창호의 가슴 속에 깊이깊이 새겨진 것입니다.

봄바람이 살랑거리며 아지랑이가 피어오르는 들판을 지나갑니다. 푸른 보리밭 위로 종달새가 지저귀고 밭둑에는 노란 꽃다지가 지천으로 피었습니다. 길을 가던 창호는 갈대 잎 하나를 꺾어 들었습니다.

"이렇게 한 번, 두 번, 그리고 세 번 접고, 끝 부분을 찢어서……."

창호가 만드는 것은 풀피리입니다. 창호에게 풀피리 만드는 법을 가르쳐 준 사람은 시집 간 고모이지요. 창호는 고모를 무척 따랐습니다. 하지만 고모가 시집을 간 후로는 보고 싶어도 만날 수가 없었습니다.

'잘 안 되는구나. 고모가 만든 풀피리는 베짱이 모양도 되고

여치 모양도 되었는데…….'

창호는 고모가 더욱 보고 싶어졌습니다.

'고모네 집에 가면 맛있는 것도 먹을 수 있고, 풀피리도 만들어 주실 텐데…….'

고모는 시부모님과 살고 있었습니다. 그래서 할아버지는 창호가 고모네 집에 가는 것을 달가워하지 않으셨습니다. 그 때 창호의 눈에 마을 어귀를 들어서는 할아버지의 흰 도포 자락이 보였습니다. 창호의 머릿속에 퍼뜩 꾀가 떠올랐습니다.

창호는 얼른 이웃집으로 들어갔습니다.

"할머니, 안녕하세요?"

"노내미집 셋째구나. 인사성이 밝기도 하지."

"할머니, 제 부탁 좀 들어주세요."

"노내미집 셋째 말이라면 무슨 말인들 못 들어주겠느냐, 어서 말해 보아라."

"잠시 후면 우리 할아버지가 이곳을 지나가실 거예요."

"으응, 그래서?"

"할아버지가 지나가시면 이렇게 말씀해 주세요. 셋째가 방금 전 지나가기에 어디 가느냐, 고 물으니 고모네 집에 간다더라, 고 해주세요."

"그러면?"

"할아버지가 고얀 놈, 거기는 왜 자꾸 가? 하고 크게 화를 내시면 그냥 집으로 가고, 아무 말씀이 없으시면 고모네 집에 놀러 가려고 그러는 거예요."

"호호호. 잘 알았으니 저기 보이는 장독대 뒤에 숨거라."

잠시 후 창호의 할아버지가 할머니네 집 앞을 지나갔습니다. 할머니는 창호가 일러준 그대로 말했습니다. 할아버지는 잠시 걸음을 멈추더니 으흠, 그래요? 하면서 수염을 쓰다듬고 다시 걸음을 옮겼습니다.

창호는 얼른 장독대 뒤에서 나왔습니다.

"할머니, 이제 고모네 집에 놀러가도 되겠지요?"

"아암! 그런데 고모네 집 할아버지는 무섭지 않으시냐?"

"네. 제가 가면 좋아하셔요. 저한테 이야기책을 읽어 달라고 하시거든요. 지난번에는 장끼전을 읽어드렸어요."

창호는 그 길로 40리 길을 걸어 고모네 집으로 갔습니다. 고모는 몹시 반가워하며 창호에게 맛있는 깨강정을 만들어 주었습니다. 창호는 며칠 동안 고모네 집에서 지내다가 집으로 돌아왔습니다.

창호는 노내미 마을에서 책 읽어주는 소년으로 유명했습니다. 누군가가 새 이야기책을 구해 오면 마을 사람들은 가장 먼저 노내미집 셋째를 불러 오라고 시켰습니다.

그날도 마을 사람들은 저녁을 먹은 후 김노인 집으로 모여들었습니다. 아이들도 졸레졸레 어른들의 뒤를 쫓아와 둘러앉았습니다. 김노인은 모기를 쫓기 위해 미리 마당 한가운데 쑥불을 피워 놓았습니다.

"오늘은 무슨 얘기래?"

"지난번 송첨지 어른이 평양에 다녀오는 길에 『토끼전』을 사오셨다지, 아마."

"그래에? 오늘도 또 노내미집 셋째가 수고하겠구면."

"아암! 이 동네에 노내미집 셋째 말고 또 누가 책을 읽어주겠어?"

"어린아이가 어찌 그리도 구성지게 책을 잘 읽는지 정말 신통하단 말이야."

창호가 읽어주는 책들은 『홍길동전』 『심청전』 『홍부전』 같은 고전소설입니다.

창호는 어찌나 실감나게 책을 잘 읽는지 춘향이가 매를 맞는 장면을 읽을 때는 모두들 눈물을 줄줄 흘렸습니다.

오늘 창호가 읽을 책은 『토끼전』입니다.

"과인의 병에는 아무러한 영약이 다 소용없으되, 오직 토끼의 생간이 신통하다 하니, 뉘 능히 인간 세상에 나가 토끼를 사로잡아 올꼬?"

창호는 진짜 용왕이라도 된 것처럼 수심에 가득 찬 목소리로 탄식을 했습니다. 호롱불 주위로 빙 둘러앉은 사람들은 침을 꼴깍 삼키며 이야기책의 세계 속으로 빠져들었습니다. 창호는 낭랑한 음성으로 목소리를 높였다 낮추었다 하면서 구성지게 책을 읽었습니다. 창호가 한숨을 쉬면 모여 앉은 사람들도 한숨을 쉬고 창호가 웃으면 모두가 따라 웃었습니다.

"대왕은 염려 마소서. 대왕의 거룩하신 은혜를 만 분의 일이라고 갚고자 하오니 급히 별주부를 같이 보내어 소신의 간을 가져오게 하소서."

창호는 가느다란 목소리로 꾀 많은 토끼의 흉내를 잘도 냈습니다. 모두들 허리가 꺾어져라 웃음을 터뜨렸습니다. 훗날 많은 사람들의 마음을 사로잡은 안창호의 웅변은 이미 어린 시절부터 이렇게 그 싹을 틔우고 있었습니다.

3. 싹트는 민족의식

1894년의 조선은 폭풍 속의 작은 나룻배와도 같았습니다. 강대국들은 끊임없이 우리 나라를 엿보았고 안으로는 탐관오리들이 백성들을 괴롭혔습니다.

1894년 3월, 폭정을 견디다 못한 민중은 동학혁명을 일으켰습니다. 동학이란 조선 말기 최제우가 세운 민족 종교로 반외세, 반봉건을 주장했습니다. 반외세라는 것은 외국의 힘을 물리치자는 것이고 반봉건이라는 것은 왕이 있고 신하가 있는 정치제도를 반대하는 것입니다.

힘없는 우리 정부는 청나라에 원병을 요청했습니다. 청나라 군대가 들어오자 일본도 군대를 몰고 우리 나라로 왔습니다. 이에 동학군은 관군과 조약을 맺고 전쟁을 중단했지만 양나라의 군대는 자기 나라로 돌아갈 생각을 하지 않았습니다.

일본은 청나라에 조선의 정치를 개혁하자고 제의했습니다. 청나라가 일본의 요구를 거절하자 일본은 경복궁을 점령하고 청나라 편을 드는 명성황후를 몰아냈습니다. 그러고는 대원군을 앞혀 꼭두각시 정권을 탄생시켰습니다. 이것을 '갑오경장' 이라고 합니다.

1894년 7월, 일본은 우리 나라에 주둔하고 있던 청나라 군대를 공격해 청일전쟁을 일으킵니다. 청일전쟁으로 아름다운 평양성은 하루아침에 폐허로 변했습니다. 아무 죄 없는 우리나라 백성들이 양국 군대가 쏜 총탄에 무참하게 죽어갔습니다.

청일전쟁이 일어나던 해, 창호는 열여섯 살의 꿈 많은 소년이었습니다.

'어째서 남의 나라 군대들이 우리 나라에 와서 싸우는 것일까?'

창호의 가슴은 분노로 이글이글 타올랐습니다.

'아무 죄 없는 우리 나라 사람들이 어째서 저놈들이 쏜 총에 맞아 죽어야 하는 걸까?'

창호의 눈시울에 눈물이 핑 돌았습니다.

'우리 나라가 힘이 없기 때문일 거야.'

비록 나이 어린 창호였지만 나라의 운명이 걱정스럽기만 했습니다.

그 길로 창호는 서당 선배인 필대은을 찾아갔습니다. 필대은은 창호보다 서너 살 위로 옛 서적과 중국 서적을 많이 읽은 똑똑한 사람이었습니다. 개화 사상에도 눈을 떠 창호에게 많은 영향을 끼쳤습니다.

"형님, 남의 나라 군대들이 왜 우리 나라에 와서 전쟁을 일으켜요?"

"창호야, 네가 태어나기 전의 일을 얘기해 줄게. 1875년의 일이란다. 일본은 군함을 이끌고 강화도 앞바다에 들어왔어. 일본군이 상륙을 시도하자 조선군이 대포를 쏘았단다. 일본군 두 명이 부상을 입었지. 그걸 빌미로 일본군은 강화도에 쳐들어와 민가를 불지르고 우리 군사들을 마구 죽였단다."

이것이 1875년 고종 12년에 일어난 '운요호 사건'입니다. 그다음해인 1876년, 일본은 강화도에서 병자수호조약을 맺었습니다. 이것은 일본의 강압으로 맺어진 불평등조약입니다. 이때부터 일본의 장사치들은 우리 나라에 멋대로 들락거리며 물건을 팔기 시작했습니다.

"형님, 우리 나라 정부는 왜 그놈들과 싸우지 않는 거예요?"

"정부는 수구파니 개화파니 하며 싸움질만 하고 있어. 수구파는 옛것을 고집하고 개화파는 외국의 것만 받아들이려 한다. 그러니 죽어나는 것은 힘없는 백성들뿐이야."

"그럼 백성들이 힘을 기르면 되지 않아요?"

"그래, 창호야, 네가 잘 보았다, 그럼 힘을 기르려면 어떻게 해야 하지?"

"글을 깨우치고 공부해, 무지에서 벗어나야 해요."

"그렇다. 그런데 우리가 무지에서 깨어나려면 새 문물을 받아들여야 해."

창호의 마음속에 신학문을 공부해야겠다는 생각이 싹튼 것은 이때부터였습니다. 그날 밤 집으로 돌아오면서 창호는 굳게 결심했습니다.

'서울로 가서 신학문을 배우자.'

창호는 밤하늘에 높이 뜬 달을 올려다보았습니다. 둥그런 달은 창호에게 이렇게 말하는 것 같았습니다.

"창호야! 서울로 가서 네 꿈을 이루어라!"

창호는 두 주먹을 불끈 쥐었습니다.

'그래, 가는 거야, 서울로. 신학문을 공부하자.'

하지만 창호의 집은 서울로 유학을 보내줄 만큼 넉넉하지 않았습니다. 그렇다고 낙담할 창호가 아니지요. 창호에게는 누구보다 굳센 의지가 있으니까요. 한번 마음먹은 일은 반드시 실천하고야 마는 신념이 창호의 가장 큰 재산입니다.

'그래, 뜻이 있는 곳에 반드시 길이 있다고 했다.'

창호는 빙그레 미소짓는 달을 쫓아 캄캄한 밤길을 힘차게 달렸습니다.

청일전쟁이 일어난 지 거의 두 달이 되었습니다. 창호네 마을에도 언제 일본 군인들이 들이닥칠지 모르는 일입니다. 마을 사람들은 하나둘씩 봇짐을 꾸려 피난길에 오르기 시작했습니다.

콩밭의 김을 매고 돌아오던 어머니는 피난을 떠나는 개똥이 형제와 마주쳤습니다. 개똥이는 걱정스런 얼굴로 말했습니다.

"창호 어머니, 창호네는 피난 안 가세요? 일본 군인들이 젊은 이들을 무조건 잡아간다고 합니다. 잡아다가 소처럼 일을 부려먹고 말을 안 들으면 죽도록 때린다고 해요."

집으로 돌아온 어머니는 마루 끝에 털썩 주저앉았습니다. 울타리 아래 새빨갛게 핀 봉숭아꽃 위로 벌들이 윙윙거리며 날아다녔습니다. 아무것도 모르는 여동생 신호는 꽃밭 앞에 쪼그려 앉아 손톱에 물들일 봉숭아꽃을 따고 있었습니다.

"에미야, 무슨 걱정거리라도 있는 게냐?"

사랑채의 할아버지가 어머니에게 물었습니다.

"아버님, 개똥이가 제 동생을 데리고 피난을 떠나더군요."

"그래서 에미가 걱정이 되는 모양이구나. 허어, 이놈의 세상이 도무지 어찌 되려고 이렇게 뒤숭숭한지 모르겠구나."

마침 소꼴을 먹이러 갔던 창호가 돌아왔습니다. 더위에 지친 창호는 땀을 닦으며 말했습니다.

"어머니, 저, 찬물 한 대접만 주세요."

할아버지는 벌컥벌컥 물을 들이켜는 창호에게 물었습니다.

"셋째야, 피난을 떠나는 것이 좋겠느냐?"

"네? 할아버지, 지금 피난이라고 하셨어요?"

"그래, 개똥이가 제 동생을 데리고 피난을 떠났다고 네 에미가 걱정이 태산이구나."

서울로 갈 기회만을 찾던 창호에게는 두 번 다시 없는 좋은 기회였습니다. 창호는 신이 나서 말했습니다.

"네, 할아버지. 피난을 가는 것이 좋겠어요."

할아버지는 삼촌을 불러 다시 물어보았습니다.

"교점아, 너는 어떻게 생각하느냐?"

삼촌은 언제나 창호의 편을 들어주었습니다.

"아버님, 창호의 말대로 하는 것이 좋겠어요."

"그렇다면 어서 피난 떠날 준비를 하거라. 어멈은 주먹밥을 만들고……."

맏아들 치호는 집에 남아 가족들을 지키기로 했습니다.

신호는 마을 어귀까지 쫓아 나오며 손을 흔들었습니다. 신호가 이 세상에서 가장 무서워하는 것은 호랑이입니다. 신호는 오빠와 삼촌이 혹시 호랑이에게 잡혀가지 않을까 걱정이 되어 자꾸만 눈물이 났습니다.

"오빠, 호랑이 조심해! 알았어? 삼촌, 잘 가!"

"신호야, 오빠 걱정하지 말고 잘 지내야 해, 알았지?"

창호는 몇 번씩이나 뒤를 돌아보며 신호에게 집으로 가라고 소리를 질렀습니다. 신호는 오빠와 삼촌이 보이지 않게 될 때까지 느티나무 아래서 손을 흔들었습니다.

창호와 삼촌은 개나리 봇짐을 지고 부지런히 걸음을 옮겼습니다. 삼촌이 창호에게 물었습니다.

"창호야, 어느 길로 가는 것이 좋을 것 같으냐?"

"삼촌, 곡산으로 가요."

서울로 가려면 황해도 곡산을 거쳐야 하기 때문에 창호는 그렇게 말한 것입니다. 창호와 삼촌이 서흥까지 왔을 때 피난을 떠났던 사람들이 돌아오고 있었습니다.

지나가던 사람들이 두 사람을 보고 소리질렀습니다.

"전쟁이 끝났어요. 안심하고 집으로 돌아가도 됩니다."

창호는 삼촌에게 자신의 결심을 말했습니다.

"삼촌, 이왕 여기까지 왔으니 저는 서울로 가겠어요."

"서울로 가다니? 어린 네가 아는 사람 하나 없는 서울에 가서 어떻게 지내려고? 서울은 두 눈을 뜨고 있어도 코 베어 가는 곳이라고 하던데……."

"삼촌, 옛말에도 사람은 한양으로 보내고 말은 제주도로 보내라고 하지 않았어요? 제 걱정은 마시고 할아버지와 어머니께 잘 말씀해 주세요."

삼촌은 어린 조카의 얼굴을 뚫어지게 바라보았습니다. 창호의 얼굴에는 조금의 두려움도 보이지 않았습니다. 삼촌은 창호의 두 눈 속에 담긴 꿈을 보았습니다.

"그래, 우리 창호는 어릴 때부터 남다른 데가 있었지."

삼촌은 주머니를 탈탈 털어 남은 돈을 모두 창호에게 주었습니다.

"돈이 전부 이것밖에 되지 않는구나."

걱정스러운 삼촌과는 달리 창호는 천하태평이었습니다.

"하하하. 삼촌, 걱정 마십시오. 굶어 죽지 않을 자신이 있습니다. 제가 누구예요, 안창호예요, 노내미집 셋째아들이라구요."

"창호야, 돈이 떨어지면 집으로 내려오너라, 알겠니?"

삼촌은 창호의 어깨를 힘껏 두드려 주었습니다. 창호는 삼촌에게 넙죽 절을 하고 뒤돌아섰습니다.

창호는 드디어 서울을 향해 발걸음을 옮겼습니다.

한참을 걷다가 뒤돌아보자 그때까지도 삼촌은 그 자리에 서서 창호를 바라보고 있었습니다. 창호는 삼촌을 향해 크게 손을 흔들었습니다.

"삼촌!"

창호의 목소리가 맞은편 산에 부딪쳐 메아리가 되어 돌아왔습니다. 창호는 마음속으로 다짐했습니다.

'모든 큰일은 언제나 가장 작은 것에서부터 시작하는 법이라고 했어. 나는 꿈이 있고 지금부터 그 꿈을 향해서 가는 거야.'

바람이 숲 속의 나무들을 솨아 흔들고 지나갔습니다. 창호는 바람을 친구 삼아 서울을 향해 힘찬 발걸음을 내디뎠습니다.

4. 새로운 학문을 익히다

　마침내 창호는 서울에 도착했습니다. 창호는 먼저 남대문 근처의 값싼 여관에 잠자리를 정했습니다. 다음날 아침 일찍 일어난 창호는 남산에 올랐습니다. 남산에서 내려다보니 번화한 서울 거리가 한눈에 들어왔습니다. 창호는 서울 거리를 두 팔에 안아보기라도 할 것처럼 두 손을 들어 크게 벌렸습니다.

　'드디어 서울에 왔구나!'

　창호의 눈에 푸른 소나무가 들어왔습니다.

　'그래, 나도 저 소나무처럼 비가 오나 눈이 오나 꿋꿋하게 살아나갈 것이다. 어떤 어려움이 닥쳐도 꿈을 이루고 말 것이다.'

　애국가 가사 중에 "남산 위에 저 소나무 철갑을 두른 듯 바람서리 불변함은 우리 기상일세" 하는 가사는 이때부터 창호의 가슴속에 움트고 있었습니다.

　창호는 남산을 걸어 내려와 남대문으로 갔습니다. 남대문의 본래 이름은 숭례문으로 우리 나라 국보 제1호입니다.

　남대문에서 마주친 한 노인이 자꾸만 창호를 흘긋흘긋 살폈습니다.

'흠, 촌티가 줄줄 흐르는구나. 하지만 눈빛에는 정기가 가득해. 쓸 만한 녀석이야.'

그 다음날에도 창호는 남대문 앞에서 그 노인과 다시 마주쳤습니다. 노인은 은근한 목소리로 말을 붙였습니다.

"총각, 나를 따라 팔도강산으로 유람을 떠나지 않겠는가?"

"유람이라고요? 저는 끼니도 간신히 해결하고 있어요."

"여행비는 내가 댈 것이니 돈걱정은 안 해도 돼. 자네는 그저 내 심부름이나 하면 돼."

"그럼 저더러 할아버지의 심부름꾼이 되라 그 말씀이세요?"

"그렇지, 잔심부름이나 하면서 나를 따라 구경을 다니는 걸세. 자넨 아주 부지런해 보여 마음에 들었네."

"할아버지, 말씀은 고맙지만 사양하겠어요."

머쓱해진 노인은 코를 휑 풀고는 저만치 가버렸습니다. 며칠 후 창호는 남대문에서 다시 그 노인과 마주쳤습니다. 노인은 다시 창호의 마음을 떠보았습니다.

"삯돈까지 얹어줄 테니 나와 같이 떠나는 게 어떻겠나?"

창호는 이번에도 딱 잘라 거절했습니다.

"생각해 보나마나 전 싫어요. 제가 팔도유람이나 다니려고 서울에 온 것은 아닙니다."

노인은 버럭 화를 내며 언성을 높였습니다.

"건방진 놈! 공짜로 유람을 시켜주겠다, 밥도 사주겠다, 삯돈도 주겠다는데 싫단 말이야?"

노인이 비록 연장자이긴 하지만 창호는 그대로 듣고만 있을 수가 없었습니다. 창호는 분명하게 자신의 생각을 말했습니다.

"공자님 말씀에 자기가 하기 싫은 일은 남에게도 시키지 말라 하셨습니다. 할아버지는 저를 데리고 다니시며 세숫물 떠와라, 버선 빨아라, 이부자리 깔아라, 하실 텐데 저는 그 노릇이 싫습니다."

시골에서 올라온 촌놈이라고 깔보던 노인의 얼굴이 붉으락푸르락 물들었습니다. 노인은 헹! 하고 코방귀를 뀌면서 황급히 사라졌습니다.

혼자 남은 창호는 연못가에 앉아 생각에 잠겼습니다. 이제 삼촌이 준 돈도 다 떨어졌습니다. 창호의 눈앞에 고향의 가족들 얼굴이 어른거렸습니다. 느티나무 아래서 오빠가 돌아오기만을 기다릴 여동생의 모습도 떠올랐습니다. 누렁이의 음매에 소리도 귀에 선했습니다.

'공자님 말씀에 사람에게는 누구에게나 그 자신의 사명이 주어져 있다고 했어. 내가 서울로 온 것은 노내미집 셋째아들의 꿈을 이루기 위해서야. 기운 내자.'

창호는 주먹을 움켜쥐고 일어섰습니다. 허기진 배에서 꼬르륵 소리가 났습니다. 창호는 정동 쪽을 향해 걷기 시작했습니다.

"여러분! 무엇을 먹고 무엇을 입을까 걱정하지 마십시오. 우리 주 예수 그리스도를 마음속에 받아들이면 그분께서 먹여주고 재워줍니다."

정동 교회 앞에서 키가 커다란 백인이 큰 소리로 외치고 있었습니다. 금발의 백인은 우리 나라에 기독교를 전파하러 들어온 선교사입니다. 창호는 먹여주고 재워준다는 말에 귀가 번쩍 뜨였습니다.

"여러분, 주 예수를 믿으세요! 그러면 먹여주고 재워주고 공부까지 가르쳐 줍니다."

순간 창호는 귀가 뻥 뚫리는 것 같았습니다.

'공부까지 가르쳐준다고?'

하지만 창호는 곧 맥이 풀렸습니다. 그 당시에는 기독교를 서양에서 들어온 마귀라고 몹시 꺼렸습니다.

'공자 · 맹자를 배운 내가 예수라는 서양귀신을 믿을 수 있을까?'

창호가 선교사의 앞을 떠나지 않고 망설이자 선교사는 창호를 향해 빙그레 미소를 지었습니다. 선교사의 눈빛은 온화하고 진실해 보였습니다. 창호의 마음이 서서히 움직였습니다.

'그래, 신학문을 배우려면 먼저 두려움을 버려야 해. 예수라는 서양귀신이 무언지 그것부터 공부해 보자.'

창호는 마침내 결심을 하고 교회 안으로 들어갔습니다. 선교사는 창호의 손을 덥석 잡으며 친절하게 맞아주었습니다. 그가 바로 언더우드 목사 밑에서 일하고 있는 젊은 선교사 밀러입니다. 언더우드 목사는 연세 대학의 전신인 연희 전문을 설립한 사람이지요.

밀러 목사는 구세학당을 세워 한국의 젊은이들을 가르치고 기독교의 복음을 전파했습니다. 구세학당에서는 수학과 과학

같은 일반 과목도 가르쳤습니다.

"창호, 그 닿은 머리를 깎고 양복을 입는 것이 우리 학교의 규칙입니다."

밀러 목사의 말에 창호는 몹시 당황했습니다. 그 때는 결혼하지 않은 처녀, 총각들은 모두 머리를 길러 뒤에 땋고 다녔고 흰색 한복을 입었답니다. 유교의 가르침에서는 부모에게 물려받은 신체를 함부로 훼손하면 안 된다고 가르쳤으니까요.

"창호, 머리가 길면 위생에도 나쁘고 흰옷은 자주 빨아야 하니 여러 가지로 낭비입니다."

창호의 귓가에 할아버지의 예끼놈! 하는 호령 소리가 들리는 듯했습니다.

'나는 신학문을 배우기 위해 서울로 온 거야. 그래서 예수라는 서양귀신도 받아들이기로 했어. 그렇다면 머리를 깎지 못할 것도 없지. 이곳의 규칙을 따르는 것도 공부야.'

16년 동안 길러 온 창호의 머리가 싹둑 잘려져 나갔습니다. 창호는 거울 속에 비친 낯선 청년의 모습을 바라보았습니다. 거울 속에는 노내미집 셋째가 아닌 청년 안창호가 의젓하게 서 있었습니다.

얼마 후 필대은이 구세학당을 찾아왔습니다. 창호는 반가움에 달려가 필대은의 손을 움켜 잡았습니다.

"형님, 오랜만입니다."

"창호야, 네가 정말 창호란 말이야?"

필대은은 몰라보게 변한 창호의 어깨를 와락 껴안았습니다. 두 사람은 밤이 이슥하도록 밀린 얘기를 나누었습니다.

"형님, 서울은 어쩐 일로 오셨어요?"

"동학당을 피해서 도망쳐 왔어. 동학당이 나를 자기네 조직에 끌어들이려고 하는구나. 한데 나는 그들과 같이 일할 생각이 조금도 없단다."

청일전쟁으로 주춤했던 동학 농민군은 1894년 9월, 2차 봉기를 일으켰습니다. 하지만 신식 무기로 무장한 일본군과 관군의 상대가 되기에는 힘이 매우 부족했습니다. 11월이 되자 동학군은 공주 부근의 우금치 전투에서 크게 패했고 동학의 우두머리 전봉준은 쫓기는 신세가 되었습니다.

필대은은 머리가 뛰어나 조직하고 계획하는 일을 잘했습니다. 동학 지도자들은 필대은을 납치해 동학당에 들어오라고 강요했지만 필대은은 간신히 탈출해서 서울로 피신 온 것입니다.

"지금 우리가 투쟁하기에는 힘이 너무나 부족해. 동학 중 일부의 무리는 혁명을 한답시고 약한 백성들의 재물을 빼앗아 제 욕심을 채우고 있어."

"형님, 전봉준이 잡히는 것은 시간문제라고 합니다."

"가슴 아픈 일이지. 전봉준은 훌륭한 사람이다. 시대를 잘못 타고난 영웅이야."

창호는 필대은의 말에 고개를 끄덕였습니다. 안창호가 후일 조직력이 뛰어난 우수한 지도자가 될 수 있었던 것은 필대은의 영향이 매우 컸습니다. 노내미집 셋째아들 안창호는 필대은을 만나면서 민족정신과 서구문명에 눈뜨게 되었으니까요.

필대은이 폐결핵에 걸려 사경을 헤맬 때 창호는 모든 일을 제치고 달려가 몇 달씩 간호했습니다. 말년에 감옥에서 나왔을 때도 반드시 필대은의 묘를 찾았습니다.

창호는 신학과 함께 수학, 세계 역사, 과학, 지리를 공부했습니다. 일 년 후 창호는 보통반을 마치고 특별반에 들어갔습니다. 성적 우수자로 뽑혀 조교가 되어 5원씩의 월급을 받으며 학생들을 가르치기도 했습니다.

안창호는 기독교의 세례를 받고 신자가 되었지만 평생 어느 한 교회에 적을 두지는 않았습니다. 흥사단의 입교식 때 기독교인이면 기독교의 경전으로, 불교인이면 불교의 경전으로 기도하라고 한 것은 그가 어느 한 종파에 치우치지 않았음을 보여주는 것입니다. 하지만 죽는 날까지 사랑하기를 공부해야 한다고 강조한 것, 동포들 간의 무저항주의를 주장한 것은 예수의 가르침에 힘입은 바가 크다고 할 수 있습니다.

청일전쟁에서 승리한 일본은 사사건건 조선의 내정에 간섭했습니다. 당황한 조정은 러시아의 힘을 빌리려고 했습니다. 이를 눈치챈 일본 공사 미우라는 조선에서 밀려날 것을 염려해 을미사변을 일으켰습니다.

1895년 10월 8일 새벽, 일본군과 자객 수십 명이 왕궁을 습격해 고종황제와 태자의 옷을 찢으며 행패를 부렸습니다. 그들은 명성황후를 살해하고 시체까지 불태워 버리는 끔찍한 만행을 저질렀습니다. 이 때문에 1896년 2월 11일부터 약 1년간 고종과 태자는 러시아 공사관으로 피신했습니다. 이것을 아관파천(俄館播遷)*이라고 부릅니다.

창호는 이러한 소용돌이 속에서 열심히 신학문을 공부했습니다. 창호가 이 년여 만에 고향으로 돌아왔을 때 가족들은 창호의 달라진 모습에 입을 다물지 못했습니다. 할아버지는 큰절을 올리는 손자를 대견스러운 시선으로 바라보았습니다.

"창호야, 이석관의 장녀 혜련과 혼인 약속을 해 놓았다."

그 당시에는 혼인할 당사자의 의견보다 집안끼리 혼인 약속을 정하던 때였습니다. 할아버지는 창호가 공부하는 동안 미리 약혼녀를 정해두었습니다.

"할아버지, 저는 아직 공부를 마치지 않았습니다."

"공부는 약혼한 후에 해도 늦지 않다. 내일 사돈 될 이석관 댁에 인사를 다녀오너라."

이석관은 창호가 어릴 때 글공부를 다니던 서당의 훈장입니다. 이석관은 오래 전부터 똑똑하고 예의가 바른 창호를 사윗감으로 점찍어 두고 있었습니다.

다음날 창호는 건너 마을 이석관의 집으로 향했습니다. 창호

---

* 아관파천 : 1896년 2월 11일부터 약 1년간에 걸쳐 고종과 태자가 러시아 공사관에 옮겨서 거처한 사건으로 친일 내각에 반대하여 친러파가 러시아 공사와 결탁하여 일으킨 사건으로 이를 계기로 친러 내각이 성립되었다.

는 볼살이 통통하고 피부가 뽀얀 어린 소녀를 떠올리며 피식 웃고 말았습니다. 그도 그럴 것이 창호가 서당에 다닐 때 혜련은 코흘리개 소녀였으니까요. 창호의 서당 친구인 이암은 혜련의 삼촌입니다. 이석관은 그것을 핑계로 자주 창호를 안채로 불러들였습니다. 그때의 어린 계집아이가 자신의 색시감이라는 것이 창호는 믿어지지 않았습니다.

창호가 이석관의 집에 도착했을 때는 정오가 다 되어 있었습니다. 마루에 앉아서 바느질을 하던 혜련은 창호를 보자 얼굴이 빨개져 방안으로 숨어버렸습니다.

이석관 앞에 앉은 창호는 자신의 생각을 분명히 말했습니다.

"저는 예수를 믿고 있는 사람입니다. 세례 받지 않은 여자와 혼인할 수는 없습니다."

창호는 이 혼인을 하지 않으려고 핑계를 내세운 것입니다. 신학문을 공부한 창호는 혼인은 본인들의 의사에 따라야 한다는 생각이었으니까요.

"우리 딸도 기독교를 믿으면 될 것 아닌가? 아니, 우리 가족 모두 세례를 받겠네."

이석관은 딸뿐만 아니라 집안 식구를 모두 이끌고 등개터라는 곳까지 나가 기독교의 세례를 받았습니다. 창호는 하는 수 없이 다른 핑계를 댔습니다.

"저는 신학문을 공부한 사람입니다. 배운 남자와 배우지 못한 여자가 결혼하면 그 결혼은 행복할 수 없습니다."

창호를 반드시 사위로 맞아들이고 싶은 이석관은 이번에도 선선히 대답했습니다.

"그렇다면 우리 딸도 가르치면 될 것 아닌가? 학비를 댈 터이니 내 딸을 서울로 데려가 신학문을 공부하도록 해주게나."

창호는 놀란 얼굴로 이석관을 바라보았습니다. 그 당시의 시골에서는 여자가 도시로 나가 공부한다는 일은 절대 있을 수 없는 일이었으니까요.

"왜 놀라는가? 이 나라가 변하기 위해서는 남자뿐만 아니라 여자도 공부해야 하지 않겠는가? 내 딸도 공부를 시키겠네."

순간 창호는 자기 자신에 대한 부끄러움을 느꼈습니다. 후일 연설 때마다 여자도 공부해야 한다고 강조하게 된 것은 이때의 교훈 때문입니다. 창호는 약혼녀인 혜련과 누이동생 신호를 데리고 서울로 올라와 정신여학교에 입학시켰습니다.

5. 쾌재정의 젊은 웅변가

1898년 9월 10일, 고종황제의 생일날 평양에서 만민공동회가 열렸습니다. 만민공동회란 지식인, 학생, 부인, 상인, 백정 등 1만여 명이 모여 자유롭게 나라 일을 토론하는 자리입니다.

만민공동회가 열리는 대동강가의 모란봉으로 많은 사람들이 모여들었습니다. 갓을 쓴 선비에서 백발이 성성한 노인, 봇짐을 멘 장사꾼들까지 쾌재정 앞에 자리를 잡고 앉았습니다. 부인들도 장롱 속에 곱게 개켜둔 한복을 꺼내 입고 아이들의 손을 잡고 나왔습니다.

정자 위에는 평양감사를 비롯해 진위 대장과 고관들이 앉고 그 옆에 독립협회 평양 지부장과 간부들이 둘러앉았습니다.

드디어 흰 두루마기를 입은 청년이 연단 위에 올라섰습니다. 군중 속에서 잠시 소란이 일어났습니다. 연단에 올라선 청년이 새파란 젊은이였기 때문입니다.

"아니, 애송이 아냐?"

"저따위 어린 총각이 무얼 안다고 이 자리에 섰을까?"

수천 군중의 눈동자가 청년을 향해 빛나고 있었습니다. 청년은 군중을 지그시 바라보았습니다. 이윽고 청년은 힘찬 목소리로 연설을 시작했습니다.

　"쾌재정, 쾌재정 하기에 무엇이 그리 기쁜가 했더니 오늘 이 자리야말로 기쁘기 그지없는 자리인 듯합니다."

　우렁찬 음성으로 연설을 시작한 청년은 바로 노내미집 셋째 아들 안창호입니다. 필대은과 함께 독립협회에 가입한 창호는 관서지부의 대표로 평양에 내려온 것입니다.

　"백성들이 모두 한 자리에 모여 오늘 황제 폐하의 생신을 축하하니 정말 기쁜 일입니다."

　나직하던 창호의 음성은 조금씩 높아갔습니다.

　"높은 관리들이 백성들과 함께하고 있으니 이 또한 기쁜 일입니다. 남자와 여자, 늙은이와 젊은이가 구별 없이 모였으니 더욱 기쁜 일이라 하겠습니다. 이것이 바로 쾌재정의 세 가지 기쁨이 아니고 무엇이겠습니까?"

　창호는 정자 위의 높은 관리들 쪽으로 시선을 옮겼습니다.

　"세상을 잘 다스리겠다고 새 사또가 온다는 것은 순전히 말뿐입니다. 백성들은 사또가 좋은 정치를 베풀어 잘 살게 해주기를 바라고 있지만 관리들은 서로 싸움질이나 하고 백성에게 걷은 세금으로 배터지게 먹기나 하니 나라꼴이 제대로 되겠습니까?"

　사람들은 귀를 의심했고 관리들 얼굴은 노랗게 변했습니다.

　"진위대장은 백성의 생명을 보호하는 것이 그 임무입니다. 그런데 죄 없는 백성들을 잡아다가 족쳐 재물을 빼앗아가니 장차

이 나라가 어찌 되겠습니까?'

군중은 속이 후련해지는 것을 느꼈습니다. 지금까지 누구도 관리들에게 대놓고 바른 소리를 한 사람은 없었으니까요.

"옳다! 말 잘한다!"

"안창호! 만세!"

군중은 환호성을 지르며 만세를 불렀습니다. 평양감사와 진위대장은 얼굴이 노랗게 질렸지만 감히 그 자리를 떠나지 못했습니다.

그 자리에는 창호의 어머니도 아들을 보러 와 있었습니다. 여자들은 앞다투어 다가와 어머니에게 인사를 건넸습니다.

"참으로 영웅 아들을 두셨어요."

"훌륭한 아들이에요."

창호의 어머니는 비록 글을 깨우치지 못했지만 자녀들이 잠들기 전에 항상 옛날 이야기를 들려주었습니다. 창호의 외할아버지는 황꼽쟁이라는 별명을 가질 정도로 구두쇠였습니다. 어머니는 '굳은 땅에 물이 고인다'는 친정 아버지의 가훈을 아로새겨 항상 절약하는 생활을 했습니다. 이불 홑청을 갈게 되면 뜯어낸 실을 모아두었다가 다시 썼을 정도이지요. 창호가 평생 물질에 얽매이지 않고 독립운동에만 몸바칠 수 있었던 것은 어머니의 근검 절약의 정신 때문이라고 할 수 있습니다.

3·1 독립운동이 터지자 안치호는 경찰을 피해 집을 떠나 있어야 했습니다. 일본 경찰과 헌병이 수시로 집을 드나들었습니다. 경찰은 장롱 속과 아궁이를 뒤지다가 마지막에는 어머니에

게 칼을 들이대며 위협했습니다.

"큰아들놈 안치호! 작은아들놈 안창호! 어디에 숨었는지 있는 곳을 대라! 만약 그들과 몰래 연락한 것이 발각되면 이 칼에 죽는 줄 알아라!"

어린 손녀들은 겁에 질려 울음을 터뜨렸습니다. 어머니는 경찰이 들으라는 듯이 호통을 쳤습니다.

"울음을 뚝 그치지 못하겠느냐? 너희들이 울면 저놈들이 할머니를 죽인다!"

손녀들은 울음을 뚝 그치고 다시는 울지 않았습니다. 어머니가 눈도 깜짝하지 않자 경찰은 머슴을 끌어내 발로 짓밟고 몽둥이로 때렸습니다. 그 때 집에는 남자들이 한 명도 없어 농사지을 사람이 없었습니다. 먼 친척이 머슴으로 와 대신 농사를 지었는데 그 길로 도망가 다시는 돌아오지 않았습니다.

집에는 검둥이 개 한 마리를 키우고 있었습니다. 검둥이는 일본 경찰이 사복차림으로 찾아와도 용케 알아보고 짖었지만 깊은 밤 찾아오는 독립군에게는 절대 짖지 않았습니다. 검둥이가 죽었을 때 안치호는 뒷산에 정성스레 묻어주었다고 합니다.

창호가 독립협회에 가입한 것은 1897년의 일입니다. 독립협회는 1896년 7월, 미국에서 돌아온 서재필이 만든 정치단체입니다. 서재필은 순 한글로 만든 《독립신문》을 펴내 독립 사상과 민족의 얼을 일깨우려고 노력했습니다.

독립협회는 중국의 사신이 드나들던 영은문을 허물고 그 자리에 독립문을 세워 민족의 정기를 바로 세우려고 했습니다. 만민공동회를 개최하여 정부의 무능함을 비판하기도 했습니다.

이러한 독립협회의 개혁운동은 곧 정부의 탄압을 받게 되었습니다.

중추원 관리 조병식은 전국의 보부상(봇짐장수와 등짐장수를 이르는 말로 장돌뱅이라고 불리는 가난한 행상)들을 모아다 황국협회를 만들었습니다. 황국협회는 독립협회 사무실에 침입해 행패를 부리고 만민공동회장도 습격했습니다. 이에 고종 황제는 만민공동회를 해산하라는 명령을 내렸습니다. 그러한 가운데에서도 만민공동회는 서울에서 몇 번 더 열렸습니다.

평양에서 올라온 창호가 연사로 나서는 날이었습니다. 시골 티가 줄줄 흐르는 창호가 연단에 올라서자 서울의 군중은 야유를 퍼부었습니다.

"애송이는 내려와라!"

"촌뜨기를 내려보내고 다른 사람을 올려보내라!"

창호는 소란이 멈추기를 기다렸다가 침착하게 연설을 시작했습니다.

"독립협회의 목적은 나라를 바로세우고 백성을 잘살게 하자는 것입니다. 정부는 보부상 패거리를 시켜 독립협회 회원들을 습격했으니 마땅히 반성해야 합니다."

창호의 힘 있는 연설에 군중은 웅성거림을 멈추고 귀를 쫑긋 세웠습니다.

"독립협회 회원들은 총칼이 목에 들어와도 물러서지 않을 용기가 있어야 합니다. 그깟 보부상 패거리에 굴복했으니 이런 약한 정신으로 어떻게 이 나라를 개혁할 수 있겠습니까?"

창호의 음성은 서서히 높아갔습니다.

"지난번처럼 몽둥이와 총이 두려워 흩어진다면 다시는 모이지 않는 것이 나을 것입니다. 우리가 진정 나라를 위한다면 목숨까지도 내놓을 결심이 있어야 합니다."

군중 속에서는 숨소리조차 나오지 않았습니다. 마지막에 가서 창호는 손을 높이 치켜들고 우렁차게 외쳤습니다.

"여러분! 나라와 민족을 위해 목숨을 버릴 각오가 되어 있습니까?"

군중은 큰소리로 대답했습니다.

"각오가 되어 있습니다!"

연설이 끝나자 시골 청년 안창호를 대접하겠다는 사람들이 줄을 섰습니다. 창호는 연설 잘하는 사람으로 전국에 소문이 났습니다. 창호의 연설을 들은 한 스님은 탁발을 다닐 때마다 이렇게 말했다고 합니다.

"안창호의 말대로만 하면 이 땅은 극락세계가 될 것이다."

독립협회는 1899년 완전히 해산되었습니다. 독립협회 회원들은 일본 경찰에 잡혀가거나 미국으로 망명했습니다. 창호는 다행히 교회로 피신해 화를 모면할 수 있었습니다. 당시 기독교는 일본 경찰이 침범할 수 없는 좋은 피난처였으니까요.

창호는 첫번째의 정치 운동에서 실패하고 고향으로 내려왔습니다. 창호는 형 안치호와 함께 점진학교를 세웠습니다. 강서군 동진면 바윗고지에 자리잡은 이 초등학교는 우리 나라 사람 손으로 세워진 최초의 사립학교이자 최초의 남녀공학입니다.

점진 점진 점진 기쁜 마음과
점진 점진 점진 기쁜 노래로
학과를 전무(專務)하되 낙심 말고
하겠다 하세 우리 직무를 다

창호가 지은 점진 학교 교가입니다. 점진이란 뜻은 나날이 조금씩 나가자, 꾸준히 쉬지 말고 나가자는 의미입니다.

"모든 큰일은 가장 작은 것으로부터 시작하고, 크게 어려운 일도 가장 쉬운 것에서부터 풀어야 한다."

가장 작은 일부터 노력해 큰 일을 이루자는 것, 조금씩 힘을 모아 독립을 이루자는 것은 안창호 사상의 가장 중요한 덕목입니다.

창호는 산업을 일으키기 위해 황무지 개간사업을 시작했습니다. 하천변을 메워 농토를 늘려 배고픈 백성들을 도우려는 것이었습니다.

도덕과 경제, 교육의 발전이 나라를 일으키게 한다는 자신의 신념을 창호는 고향에서 실천하려 한 것입니다. 이 때, 창호의 나이 스물한 살이었습니다.

6. 미지의 세계를 향해

어느 날 저녁 창호는 어머니 앞에 무릎을 꿇고 앉았습니다. 등
잔불 밑에서 바느질을 하고 있던 어머니는 고개를 들고 아들을
바라보았습니다. 아들의 얼굴은 평소와 조금 달라 보였습니다.

"어머니, 미국으로 유학을 떠나려고 합니다."

어머니는 그다지 놀라지 않았습니다. 언젠가는 아들이 자신
의 곁을 떠나리라는 것을 예감하고 있었기 때문입니다. 어머니
는 매우 엄격했지만 한번도 아들의 뜻을 꺾은 적이 없습니다.

"창호야, 넓은 세상으로 나가 네 뜻을 펼치거라."

창호는 어머니의 손을 잡았습니다. 밤낮으로 일하는 그 손은
갈퀴처럼 거칠었습니다. 창호는 눈시울이 뜨거워졌습니다.

"창호야, 에미의 소원은 오직 네가 훌륭하게 되는 것뿐이다."

창호는 목이 메어 아무 말도 할 수 없었습니다. 어머니는 다시
바느질을 시작했습니다. 그것은 창호의 무명 두루마기입니다.

다음날 아침 일찍 창호는 약혼녀의 집으로 향했습니다. 노랗
게 익어 가는 벼 위로 빨간 고추잠자리가 날고 있었습니다.

논배미의 메뚜기들이 발자국 소리에 놀라 후다닥 논 가운데로 뛰었습니다. 창호는 논배미에 피어 있는 보랏빛 들국화를 꺾어들었습니다. 서당에 다니던 시절 창호는 꽃을 꺾어 훈장님의 책상에 꽂아놓고는 했습니다. 창호는 그 때를 떠올리며 꽃을 손에 들고 부지런히 들길을 걸어갔습니다.

저만치 머리에 새참 광주리를 인 처녀가 걸어오고 있었습니다. 쾌재정의 웅변으로 청년 안창호는 관서지방에서 모르는 사람이 없을 정도로 유명했습니다. 잘 생긴 용모와 씩씩한 기개, 선량한 마음씨 때문에 그 지방 처녀들에게는 선망의 대상이었습니다.

이미 오래 전의 일이지요. 물동이를 머리에 이고 지나가던 처녀가 길을 가던 창호와 마주친 적이 있습니다. 처녀는 고개를 돌리고 창호의 모습을 바라보다가 그만 물동이를 떨어뜨리고 말았습니다. 땅바닥에 떨어진 항아리는 산산조각으로 깨졌습니다. 무안해진 처녀는 옷이 다 젖은 줄도 모르고 황급히 도망가 버렸습니다. 이 소문은 한동안 우물가 아낙네들의 재미있는 이야깃거리가 되었습니다. 이석관이 약혼을 서두른 까닭은 다른 집 처녀에게 창호를 빼앗길까 걱정되었기 때문이지요.

약혼녀의 집에 다다른 창호는 혜련의 모습을 보고 깜짝 놀랐습니다. 혜련은 그새 열병을 앓아 검고 치렁치렁하던 머리가 모두 빠져버린 것입니다. 신랑 될 사람에게 흉칙한 모습을 보이게 된 혜련은 부끄러움에 고개를 들지 못했습니다.

그런데 창호의 입에서는 뜻밖의 말이 나왔습니다.

"혜련씨, 실은 미국으로 유학을 떠나려고 합니다. 지금 공부를 하러 떠나면 십 년은 걸릴 것 같습니다."

혜련의 심장에서 쿵 하는 소리가 났습니다. 혜련은 부끄러움도 잊고 창호의 얼굴을 뚫어져라 쳐다보았습니다.

"혜련씨, 나를 믿고 기다려주겠지요? 공부를 마치고 돌아와서 반드시 결혼하겠습니다."

창호의 태도가 너무 단호해 혜련은 아무 말도 할 수 없었습니다. 눈물이 쏟아지려는 것을 간신히 참고만 있었습니다.

이석관은 창호를 혼자 유학 보내지 않겠다고 마음먹었습니다. 이석관은 딸에게 단단히 일렀습니다.

"혜련아, 아버지 말을 잘 들거라, 너는 반드시 창호를 따라가야 한다. 지금 창호와 헤어지면 다시는 만날 수 없을 것이야."

며칠 후 창호가 다시 찾아왔을 때 혜련은 자신의 결심을 말했습니다.

"나는 죽더라도 당신을 따라가겠어요. 절대로 헤어지지 않겠어요."

창호는 깜짝 놀라 약혼녀를 바라보았습니다. 창호는 약혼녀를 데려갈 형편이 아니었으니까요. 미국까지 가는 여비도 간신히 장만했기 때문입니다. 이 때 창호의 여비는 중화군의 군수 김응팔이 대주었습니다.

서울로 올라온 창호는 의형제를 맺은 김필순에게 고민을 털어놓았습니다.

"장인 될 분이 딸을 데리고 유학을 떠나라고 고집을 부리서."

"하하. 네 마음이 변할까봐 걱정되셔서 그러시는군."

"아, 참 고집 센 양반이야."

"그래도 네가 하자는 대로 다 하셨잖아. 기독교에 입교했고 딸을 서울까지 유학도 보내주시고. 이번에도 딸의 여비를 주시겠다고 하셨다면서?"

"언더우드 목사님한테 찾아가셔서 혜련을 데리고 가지 않으면 유학도 못 가게 하라는 압력까지 넣으셨어."

"하하. 딸이 신랑감을 잃고 눈물로 지낼까봐 걱정되셔서 그렇지. 일이 이렇게 되었으니 결혼식을 하고 가는 게 좋겠네."

"여비도 간신히 손에 쥐었는데 무슨 돈으로 결혼식을 치른단 말이야?"

"도티 여사 말씀을 못 들었어? 성인 된 남자와 여자가 예식도 치르지 않고 함께 유학을 떠날 수는 없는 일이라고. 모든 일은 내가 주선할 테니 걱정 말도록 해."

김필순은 자기 일처럼 기뻐하며 결혼비용을 부담했습니다. 그리고 자신이 학생 겸 조수로 일하고 있는 제중원 교회에서 결혼식을 올리도록 도와주었습니다.

열병으로 빠진 혜련의 머리는 다 자라나지 않아 하는 수 없이 다리(여자의 머리숱이 많아 보이도록 붙이는 딴머리)를 빌려 머리에 붙이고 족두리를 썼습니다. 신부의 혼례복과 비녀도 빌려서 간소하게 결혼식을 올렸습니다.

결혼식을 치른 다음날 1902년 9월 4일, 창호는 혜련과 함께 일본으로 떠나는 배를 탔습니다. 그 당시 우리 나라에서는 직접 미국으로 가는 배가 없었기 때문이지요. 후에 혜련 여사는 일본에서의 신혼 일주일 동안이 평생을 통해 가장 행복했다고 말했습니다.

"도산은 신비스러운 남성입니다. 만나면 도무지 말이 나오지 않고 돌아서면 한없이 곱고 좋기만 했으니까요. 지금도 무어라고 딱 잘라서 이야기할 수 없지만 눈에 보이지 않는 강한 힘이 나로 하여금 부모형제와 지극히 사랑해 주시던 고모, 할머니를 남겨둔 채 이역만리 먼 길을 떠나게 했습니다."

일본에서 일주일을 머무른 후 창호와 혜련은 몽골리아 호를 타고 미국으로 향했습니다. 오랜 뱃길에서 그들이 볼 수 있는 것은 끝없는 수평선과 하늘을 나는 갈매기뿐이었습니다. 파도가 잔잔한 밤이면 고래들의 울음소리가 들려오기도 했습니다.

드디어 보름간의 기나긴 항해가 끝나고 푸른 바다 위로 작은 섬이 불쑥 나타났습니다.

"섬이다! 하와이다!"

뱃전에 나와 있던 사람들이 기쁨의 함성을 질렀습니다.

"도산이구나!"

창호는 감격하여 외쳤습니다. 도(島)는 '섬도' 자이고 산(山)은 '뫼산' 자입니다. 창호는 망망한 푸른 바다 위에 솟아오른 아름다운 섬 하와이를 그렇게 표현한 것입니다. 창호는 이 때 자신의 호를 도산이라고 지었습니다. 그것은 영원히 민족의 산봉우리가 되자는 굳은 각오라고 할 수 있습니다.

7. 조선의 기특한 늦깎이 학생

1902년 10월 14일, 창호와 혜련은 마침내 샌프란시스코에 도착했습니다. 마침 이민국의 심사관인 드류 의사는 한국에서 창호와 알던 사이였습니다.

"창호!"

"드류 선생님!"

창호와 드류는 손을 잡고 반가움을 나누었습니다. 드류는 자신의 집으로 신혼부부를 초대했습니다.

"뱃길에 무척 고생하셨지요? 미국에 오신 것을 환영합니다."

드류의 부인은 신혼부부를 진심으로 반겨주었습니다. 그들은 드류의 집에서 편안한 하룻밤을 보낼 수 있었습니다. 다음날 아침 드류는 그들에게 기쁜 소식을 전했습니다.

"지낼 곳이 마땅치 않으면 우리 집에서 지내는 것이 어떻겠습니까?"

드류 부인이 미소 띤 얼굴로 말했습니다.

"우리는 둘 다 직장에 다니기 때문에 가정부를 고용해요. 주

말에는 정원사도 잔디를 깎으러 옵니다. 당신들이 그 일을 하면 어떨까요?"

"좋습니다. 선생님, 열심히 일하겠습니다."

창호와 혜련은 서로를 바라보며 기뻐했습니다. 당시 미국으로 공부를 떠난 한국 유학생들은 학비를 벌기 위해 대다수가 미국 가정의 고용인으로 일했습니다.

드류의 집에는 변기가 세 개나 되었습니다. 창호는 못쓰는 칫솔들을 모아두었다가 변기를 새하얗게 닦았습니다. 지금까지 누구도 그처럼 깨끗하게 변기를 청소한 사람은 없었습니다. 혜련 역시 근면하고 성실해 이 젊은 신혼부부는 드류 부부의 마음에 쏙 들었습니다.

창호는 스물네 살의 늦은 나이에 샌프란시스코의 공립소학교에 입학했습니다. 한국에 돌아와 교육사업을 하기 위해서는 기초학문부터 익혀야겠다고 생각한 때문입니다. 또한 어린아이들 사이에서 영어를 기초부터 배우려는 이유도 있었습니다.

결혼까지 한 나이 든 동양인 학생은 학교에서 눈에 띄는 존재였습니다. 어느 날 지방신문사의 기자가 와서 창호의 사진을 찍어 갔습니다. 그날 저녁 석간 신문에 창호의 사진과 함께 다음과 같은 기사가 실렸습니다.

〈조선의 기특한 늦깎이 학생
　─ 안창호의 나이는 올해 24세이다. 그는 자신보다 십 년 이상 차이 나는 어린 학생들과 공부하는 것을 부끄러워하지

않는다. 처음에 그는 어린이용 의자가 맞지 않아 마룻바닥에 앉아서 공부했다. 그는 자신이 공부한 서당에서는 앉아서 공부했기 때문에 큰 불편이 없다고 했지만 교사는 그에게 큰 의자를 마련해 주었다.〉

신문 기사를 읽은 교장이 창호를 불렀습니다.

"창호, 당신에게 자퇴를 권합니다. 마음이 아프지만 학교의 규칙을 어길 수는 없습니다."

미국의 소학교는 열여덟 살까지만 입학을 허락했습니다. 창호는 다른 학교를 찾아갔지만 그곳에서도 나이가 많다고 입학허가를 해주지 않았습니다.

저녁에 집에 돌아온 드류가 튀어나온 배를 흔들며 너털웃음을 웃었습니다.

"그대는 백인 학생들보다 키가 작아 슬쩍 열일곱 살이라고 해도 모를 텐데……."

"드류 선생님, 입학을 못하면 못했지 절대 거짓말을 할 수는 없습니다."

드류 부인도 남편에게 핀잔을 주었습니다.

"당신은 어째서 젊은 사람에게 거짓말을 권하죠?"

"허, 참. 공부를 목적으로 미국에 왔으니 거짓말로라도 입학을 해야지."

"하지만 거짓은 절대 용납될 수 없어요."

드류 부부는 언성을 높여가며 싸웠습니다.

머쓱해진 신혼부부는 자신들의 방에 들어가 간신히 참았던 웃음을 터뜨렸습니다.

다행히도 세번째 찾아간 학교의 여교장이 입학을 허락해 주었습니다.

"이 학교에서는 어떻게 규칙을 어기고 나를 입학시키시는지 알고 싶습니다."

"열여덟 살까지만 입학이 허락된다는 것은 미국인에게만 해당되는 것이에요. 당신은 동양인이니 이 법을 적용하지 않아도 되지 않을까요?"

규칙은 반드시 지켜야 하지만 때로 인간미 넘치는 따스한 배려가 필요하다는 것을 창호는 이 때의 여교장에게서 배울 수 있었습니다.

봄이 시작되긴 했지만 매우 쌀쌀한 아침이었습니다. 창호는 학교를 향해 부지런히 걸었습니다. 길 한복판에 사람들이 모여 웅성거리고 있었습니다. 그들 중에 흰 바지저고리를 입은 사람들이 보였습니다. 창호는 반가운 마음에 걸음을 멈추고 다가갔습니다.

"이 놈! 한번 맞아볼 테냐? 왜 자꾸 시비를 거는 거야?"

"뭐라고? 이 놈이 되레 화를 내고 있어? 입이 열 개라도 할 말이 없을 텐데!"

두 사람의 한인이 큰 소리를 지르며 싸움질을 하고 있었습니다. 한 사람은 상투가 풀어지고 또 한 사람은 저고리 옷고름이 풀어져 있었습니다. 지나가던 백인들이 빙글거리며 그 싸움을 구경하고 있었습니다. 창호는 창피한 마음이 들었지만 싸움부터 뜯어말렸습니다.

"같은 동포들끼리 이게 무슨 짓입니까?"

저고리 고름이 풀어진 남자가 눈동자를 부라리며 창호를 노려보았습니다.

"넌 또 뭐야?"

"나는 이곳에 공부하러 온 사람입니다. 무슨 일인지 말로 해결하시면 안 되겠습니까?"

창호는 조용한 음성으로 말했습니다. 상투가 풀어진 남자가 하소연했습니다.

"저 작자가 내 구역에 와서 인삼을 팔지 뭐요. 그것도 모자라 중국에서 들여온 인삼을 고려 인삼이라고 속여 헐값에 팝니다. 그러니 내가 어떻게 장사를 합니까?"

그들은 다시 악다구니를 썼습니다.

"이 넓은 땅에 내 구역, 네 구역이 어디 있어? 또 내가 파는 인삼이 중국에서 들여온 것인지 조선에서 들여온 것인지 네놈이 어떻게 안다고 함부로 지껄이는 거냐?"

"뭐야? 이놈이 그래도 제 잘못을 뉘우치지 않고!"

그들은 다시 한판 붙을 기세였습니다.

창호는 그들을 뜯어말렸습니다.

"제발 그만 하세요. 백인들이 우리를 어떻게 생각하겠습니까? 야만족이라 여길 것입니다."

창호는 진심으로 그들에게 부탁했습니다.

"우리 한 사람 한 사람의 행동이 우리 나라 전체를 욕먹인다는 걸 생각 못 하십니까?"

그들은 창호의 간절한 말에 조금 기세가 누그러졌습니다. 둘러섰던 백인들도 제 갈 길을 갔습니다. 세 사람은 한적한 곳을 찾아 얘기를 나누었습니다.

"고생을 각오하고 여기까지 올 때는 오직 돈을 벌겠다는 생각뿐이었지요. 그런데 뼈가 빠지도록 일해도 돈을 벌기는커녕 고향에 돌아갈 여비조차 마련할 수 없으니 정말 죽고 싶을 때가 한두 번이 아닙니다."

또 다른 남자가 울먹이는 목소리로 말했습니다.

"새벽부터 밤중까지 일해 보지만 입에 풀칠하기도 힘듭니다. 말은 통하지 않고 몸은 힘들고…… 휴우! 하늘을 날아가는 새만 봐도 고향땅에서 온 새인가 싶어 눈물이 납니다."

그 당시 샌프란시스코에는 인삼 장수가 열 명, 공부하러 온 유학생이 스무 명 가량 머물고 있었습니다. 창호처럼 시골에서 유학 온 이강, 정재관, 김성무 같은 이들도 있었습니다.

인삼 장수는 주로 중국 사람들에게 인삼을 팔았습니다. 상투를 틀고 있어 학생들은 그들을 '상투' 라고 깔보았고 그들은 머리를 깎은 학생들을 '깎아대기' 라고 부르며 한국인들끼리 서로 친하지 못했습니다.

창호는 이왕 학교에 늦었으니 그들이 사는 곳에 한번 가보기로 했습니다.

"부탁이 있는데요. 제가 당신들 사는 곳에 한번 가 보면 안 될까요?"

그들은 고개를 갸웃거리면서도 창호를 자신들이 사는 곳으로 데려갔습니다. 그곳은 지저분하기 짝이 없었습니다. 쓰레기가 곳곳에 널려 있고 화장실에서는 악취가 풍겨 나왔습니다.

그뿐만이 아닙니다. 한인들은 속옷 차림으로 대문가에 나와 앉아 큰 소리로 떠들었습니다. 대낮부터 술에 취해 고래고래 소리를 지르는 사람도 있었습니다.

'이것은 우리 민족의 수치야. 더구나 이들은 중국에서 인삼을 들여와 고려 인삼이라고 속여 팔고 있다. 백인들은 한인이 독립할 자격이 없는 민족이라고 생각할 것이다.'

그날 집으로 돌아온 창호는 밤새 잠을 이루지 못하고 고민에 빠졌습니다.

'그들은 돈을 벌어 잘 살아 보겠다고 낯선 이곳까지 온 거야. 그런데 한국에 있을 때와 마찬가지로 이곳에서도 고생만 하고 있구나. 다 그들이 무지한 때문이다.'

밤새 고민한 창호는 한 가지 결론을 내렸습니다.

'공부는 잠시 미루도록 하자. 우리 동포들이 고생하는 것을 보고 있을 수만은 없다. 공부는 더 있다 해도 되지만 동포들을 저대로 두면 우리 민족은 영원히 독립국가가 될 수 없다.'

다음날, 창호는 책가방 대신 빗자루와 걸레를 챙겨 들었습니다. 혜련은 불안한 눈초리로 집을 나서는 창호에게 물었습니다.

"당신, 이제 학교는 가지 않으실 거예요?"

창호는 빙그레 미소를 지으며 대답했습니다.

"동포들을 저대로 두는 것은 내 양심에 어긋나는 일입니다."

혜련은 멀어져 가는 창호의 뒷모습을 물끄러미 바라보았습니다. 그가 절대로 이 일을 포기하지 않을 것을 그녀는 잘 알고 있었습니다. 창호는 한번 결정한 일은 반드시 실행에 옮겼고 그 일을 끝까지 밀고 나가는 사람이었으니까요.

한인들의 마을로 간 창호는 우선 거리를 청소하기 시작했습니다. 대문 밖에 쌓여 있는 술병들을 한곳으로 치우고 쓰레기를 모아 불태웠습니다.

"뭐야? 저 녀석은? 새파랗게 젊은 놈이 할 일이 그렇게도 없나?"

"그냥 둬. 제가 좋아서 하는 일을 누가 말리겠나?"

"먹고 살기도 힘든데 청소는 무슨 청소, 어린 녀석이 배고픈 줄을 몰라서 저러는 거라구."

한인들은 창호를 도와주기는커녕 비웃기만 했습니다.

다음날도 창호는 학교에 가지 않고 한인들의 마을로 가 청소를 시작했습니다.

그리고 미리 화원에서 사 간 꽃모종을 빈 땅에 심었습니다. 그날 저녁 집으로 돌아온 동포들은 무언가가 달라졌다는 것을 느꼈습니다. 어둡고 침침하던 골목이 환해져 있었고 사람들의 표정이 밝아 보였습니다.

동포들의 굳게 닫혔던 마음의 문이 조금씩 열리기 시작했습니다. 동포들은 창호가 나타나면 하나둘 모여들었습니다. 창호가 시키는 대로 철사와 천을 사다가 창문에 커튼을 달았습니다. 창틀에는 제라늄과 팬지꽃 화분을 놓고 현관 앞의 빈 땅에 장미꽃과 백합을 심었습니다.

"선생님 덕분에 이곳이 사람 사는 동네가 되었습니다."

"그 동안 우리가 돼지우리에 살고 있었다는 걸 선생님께서 가르쳐 주신 것입니다."

"선생님, 무지한 저희들을 깨우쳐 주세요."

그들은 누가 시키지도 않았는데 안창호를 선생님이라고 불렀습니다. 나이 든 사람들도 안창호에게 깍듯이 선생님이라고 했습니다.

8. 젊은 지도자

소식을 들은 친구들이 안창호를 찾아왔습니다. 시골에서 유학온 정재관, 이강, 김성무 등입니다. 그들은 걱정스런 얼굴로 말했습니다.

"도산, 학교를 그만두었다고 들었는데 사실이야?"

"공부하러 이곳까지 온 거잖아? 그러다 공부가 늦어질까 걱정이 되는군."

친구들은 모두 안창호를 도산이라고 불렀습니다.

(이 책에서도 지금부터는 안창호를 도산이라고 부르겠습니다.)

도산은 친구들을 향해 미소 띤 얼굴로 대답했습니다.

"모두들 걱정해 주니 고맙군. 하지만 이왕 늦어진 공부, 한 3년 늦어도 상관없지 않겠나? 지금은 동포들을 지도하고 계몽하는 것이 더 중요한 일이라고 생각해."

"하지만 혜련 씨 혼자서 너무 고생이 심해."

그 말에는 도산도 대꾸할 말이 없었습니다. 부인은 남자들의 얘기를 한 귀로 들으며 바느질에 열중하고 있었습니다. 그녀는 언제나 묵묵히 남편의 뜻을 따르는 착한 아내였습니다.

"동포들을 저 지경으로 두면 백인들은 우리를 미개인이라 생각할 거야. 독립할 자격도 없는 민족이라고 보지 않겠나?"

"그럼 우리도 그 일을 돕겠어."

"그래, 같이 힘을 합쳐보자."

도산은 친구들의 우정에 가슴이 뻐근해지는 것을 느꼈습니다. 네 친구는 밤새도록 얼굴을 맞대고 의논한 끝에 한 가지 의견을 내놓았습니다.

"우리 셋이 번 돈 중의 일부를 생활비로 내어놓겠네."

"그래, 도산은 동포들을 지도하는 일에만 힘쓰도록 하게."

도산은 자신의 어깨가 더욱 무거워지는 것을 느꼈습니다. 한인 마을은 도산의 지도하에 점차 새로운 마을로 변해갔습니다.

"우리는 미국에 왔으니 그들의 생활을 따르고 그들의 규칙을 지켜야 합니다."

도산은 저녁마다 일터에서 돌아온 한인들을 모아놓고 지도했습니다.

"여러분, 현관 밖에 나갈 때는 절대 속옷 차림으로 나가지 마십시오. 집 밖에서 술 마시고 큰소리로 떠들거나 노래를 부르지 마십시오. 이것은 집 안에서도 마찬가지입니다. 아침에는 마늘이나 고추장을 먹지 않도록 합시다. 일터에 나가서 냄새가 나지 않도록 조심합시다."

한인들은 도산의 계몽 운동에 적극적으로 참여했습니다.

"우리 나라가 진정한 독립국가가 되기 위해서는 우리 한 사람 한 사람이 존경받는 사람이 되어야 합니다. 한 개인의 인격을 키우는 것이 우리 민족을 세계에서 가장 우수한 민족으로 만드는 길입니다."

한인들은 도산의 말에 진심으로 귀를 기울였습니다.

"동포 여러분, 우리가 독립하려면 먼저 힘을 길러야 합니다. 힘을 키우려면 참된 인격을 키워야 합니다. 참된 인격의 바탕 위에 기술이나 기능을 반드시 한 가지씩 배워야 합니다. 참된 인격과 전문기술을 바탕으로 우리가 힘을 합하면 반드시 독립을 이룰 수 있습니다."

한인들은 도산을 믿고 따르게 되었습니다. 도산은 인삼 장수들에게 구역을 나눠주고 한 달에 한 번씩 바꾸게 했습니다. 장사가 잘 되는 구역을 서로 차지하려고 싸우지 않도록 하려는 것입니다. 가격을 정해놓아 인삼을 헐값에 팔아 손해보는 일도 없도록 했습니다.

"여러분, 중국에서 들여온 인삼을 고려 인삼이라고 속여 판다는 얘기를 들었습니다. 절대로 거짓으로 이익을 취해서는 안 됩니다. 거짓은 반드시 나쁜 결과를 가져오기 때문입니다."

도산은 인삼 장수들 사이에 계를 조직해 서로 돕도록 했습니다. 이렇게 해서 한인들은 아름다운 협동 사회를 이루게 되었습니다.

한인들에게 여러 채의 집을 세놓은 미국인이 하루는 그곳을 찾아왔습니다.

"당신네 나라에서 지도자가 왔습니까?"

한 부인이 그의 질문에 되물었습니다.

"어째서 그렇게 생각하시나요?"

"당신들의 생활 모습이 예전과는 아주 다릅니다. 이런 일은 특별한 지도자 없이는 불가능한 일입니다."

"잘 보셨어요. 우리들을 지도해 주시는 선생님이 계셔요."

"제 추측이 맞았군요. 그분을 꼭 한번 만나보고 싶습니다."

도산을 만난 집주인은 그가 수염이 하얗게 센 노인이 아니라 서른 살도 채 되지 않은 청년인 것을 알고 무척 놀랐습니다.

"젊은이, 놀랍소. 나는 당신이 수염이 하얗게 센 할아버지라고 생각했어요. 이렇게 젊은 청년일 줄은 상상도 못했습니다."

"하하하."

"호호호."

집주인의 말에 모두들 웃음을 터뜨렸습니다.

"이것은 아무나 할 수 있는 일이 아닙니다. 일 년 전 이 거리를 생각하면 참으로 놀라운 변화입니다. 한인들은 밤이면 속옷 차림으로 대문 밖에서 술을 마시고 떠들었어요. 지금 이곳은 아름다운 마을로 변했어요. 한인들이 내 집을 깨끗하게 쓰는 것은 내게도 큰 이익입니다."

집주인은 유쾌한 음성으로 말했습니다.

"일 년치 집세에서 한 달 분은 받지 않도록 하겠습니다."

한인들은 서로 얼굴을 바라보며 기쁨을 감추지 못했습니다.

"당신들이 저녁마다 모여 회의를 열고 있다는 것도 알고 있습니다. 다들 모일 수 있는 큰 회관을 무료로 빌려주겠습니다.”

“우와!”

“짝짝짝!”

모두들 환호성을 지르며 박수를 쳤습니다.

“도산 선생님, 모두가 선생님 덕분입니다. 앞으로는 더욱 열심히 일하겠습니다.”

“죽는 날까지 선생님 곁을 떠나지 않겠습니다.”

“언제까지나 저희 곁에서 무지한 저희를 지도해 주십시오.”

한인들은 도산의 곁으로 다가와 서로 손을 잡으려 했습니다. 도산은 미국에 온 이래 처음으로 가슴이 뿌듯해지는 보람을 맛보았습니다.

샌프란시스코에 사는 동포들의 생활이 안정되어가자 도산은 새로운 일자리를 찾아 떠나기로 했습니다. 로스앤젤레스의 농장에 일자리가 생긴다 하여 한인들이 그쪽으로 이동하게 되었습니다. 샌프란시스코의 동포들은 도산과의 이별을 몹시 서운해했습니다.

“도산 선생님, 저희들은 절대 선생님과 헤어질 수 없습니다.”

“여러분, 말씀만 들어도 정말 감사합니다. 보잘것없는 저를 그토록 생각해 주시니 말입니다. 하지만 이제 여러분은 제가 없어도 모든 것을 잘 해나가실 수 있습니다.”

한 사람이 다음과 같은 제안을 내놓았습니다.

“도산 선생님, 친목회를 만드는 것이 어떻겠습니까?”

다른 사람이 좋은 생각이라고 맞장구를 쳤습니다.

"맞아요, 매달 얼마씩의 돈을 걷어 정기적인 모임을 가지도록 합시다."

이렇게 해서 한인들간에 미국 최초의 협동단체가 생겨났습니다. 1903년 9월 23일, 도산은 이 친목회의 회장으로 뽑혔습니다. 이 친목회가 후일 공립협회가 되고 국민회로 발전하게 되는 것입니다.

그 당시 우리 나라 사람들은 돈을 벌기 위해 하와이로 이민을 떠났습니다. 하와이의 사탕수수 재배업자들이 값싼 노동력을 구하기 위해 인천항에 와서 우리 나라 사람들을 데려갔습니다. 기독교인을 비롯해 공부를 하려는 유학생, 가난한 시골 선비, '정미 7조약'*으로 일본군에게 강제로 쫓겨난 군인, 남의 집 머슴을 살던 사람, 할 일 없는 건달 등 많은 사람들이 희망을 품고 하와이로 건너갔습니다.

이들은 돈을 벌기는커녕 하루 열 시간의 노동에 농장 옆의 초라한 움막에 살면서 비참한 생활을 해야 했습니다. 견디다 못한

---

* 정미 7조약 : 1907년 세계 평화회의가 네덜란드의 헤이그에서 열렸다. 고종은 밀사를 파견해 대한 제국이 처한 상황을 세계만방에 알리려 했다. 이를 알게 된 일본은 고종에게 일본 천황을 찾아가 사죄할 것을 추궁했다. 또한 고종을 강제 퇴위시키고 순종을 추대했다. 장안에는 고종황제를 일본으로 강제로 끌고 간다는 소문이 퍼졌다. 7월 20일의 양위식에는 고종과 순종은 참석하지 않고 매국 대신 두세 명이 참석해 양위식을 해치웠다. 성난 군중은 이완용의 집에 불을 지르고 평양, 개성에서 민중들이 항의 집회를 열었다. 폭동을 우려한 일본은 고종이 일본의 천황에게 사죄하러 가는 대신 군대 해산을 요구했으니 이것이 바로 '정미 7조약'이다.

한인들은 미국 정부 몰래 하와이를 도망쳐 캘리포니아로 건너왔습니다. 그런데 이들에게 사기를 치는 나쁜 사람들이 있었습니다. 한인 중에는 힘들게 번 돈을 모두 사기꾼에게 빼앗기고 술로 몸을 망치는 사람이 많았습니다.

도산은 이강, 임준기 등과 머리를 맞대고 의논했습니다.

"모두 동포들이 영어를 못 하기 때문에 벌어지는 일이야."

"한글도 제대로 읽고 쓰지 못하는 사람들이 무슨 수로 영어를 하겠어?"

"사기를 치는 사람 중에 한인도 있다고 하더군. 백인들보다 더 나쁜 놈들이지."

"우리가 발벗고 나서서 하와이에서 건너오는 동포들에게 일자리를 찾아주도록 하자."

"좋아, 우리가 다시 힘을 합쳐보자!"

세 사람은 손을 잡고 크게 외쳤습니다. 도산은 먼저 로스앤젤레스 부근의 리버사이드에 집을 구했습니다. 이강과 김성무는 영어도 배우고 농장의 일자리를 알선하는 방법도 배울 겸 귤 농장에 취직했습니다.

한인 노동자들은 사사키라는 일본인의 노동자 고용 사무실에 속해 있었습니다. 사사키는 일본인에게 먼저 일자리를 주고 남는 몫만 한인들에게 일을 주었습니다. 자연히 한인들은 일이 없어 노는 날이 더 많았습니다. 동포들은 일이 없어 노는 날에도 도산의 지도 아래 집 안팎을 깨끗하게 청소했습니다. 빈 땅 구석구석 꽃과 나무를 심어 환경을 아름답게 가꾸었습니다.

어느 날 세를 놓은 집주인이 이곳을 지나가게 되었습니다. 마차를 타고 지나가던 그는 넝쿨장미가 우거진 담장 앞에서 말고삐를 늦추었습니다.

"워워! 워워!"

집주인은 마차에서 내려 붉게 핀 장미꽃 앞에 섰습니다. 그는 장미꽃에 코를 가져다 대고 향기를 맡아보았습니다. 마침 그곳을 청소하던 이강이 그에게로 다가왔습니다.

"럼지 씨, 안녕하세요?"

"당신들은 왜 농장에 일하러 가지 않고 놀고만 있습니까?"

"사시키라는 일본인이 우리 한인들에게는 일거리를 주지 않기 때문입니다."

"그럼 당신들끼리 독립해서 사무실을 열면 될 것 아닙니까?"

"저희도 그러고 싶지만 그럴 만한 형편이 되지 않습니다."

집주인은 고개를 끄덕거리며 마차에 올라타 말의 고삐를 잡아당겼습니다. 이강은 다시 청소를 시작했습니다.

그로부터 일주일 후 마차를 타고 가던 집주인은 또다시 말을 멈추고 장미꽃 넝쿨 앞에서 내렸습니다. 쓰레기를 모으던 도산이 집주인에게 인사를 했습니다.

"럼지 씨, 내년 봄에는 저희가 장미꽃을 한 뿌리 캐 드리겠습니다."

집주인은 지난번처럼 장미꽃의 향기를 맡으며 잠시 생각에 잠겼습니다.

"아직도 농장에 일이 없습니까?"

"그렇습니다."

집주인은 도산을 물끄러미 바라보더니 온화한 음성으로 말했습니다.

"내게 좋은 생각이 있으니 오늘밤 우리 집으로 와주지 않겠습니까?"

"네, 럼지 씨, 저녁에 찾아 뵙도록 하겠습니다."

도산과 이강은 그날 저녁 집주인의 초대로 그 집에 갔습니다. 부인이 그들에게 향기 좋은 커피와 갓 구운 빵을 내놓았습니다. 집주인은 무척 자상한 태도로 그들에게 물었습니다.

"당신들끼리 일할 수 있는 노동자 고용 사무실을 열려면 돈이 얼마쯤 필요하지요?"

"천오백 달러 정도가 있어야 합니다."

주인은 빙그레 미소를 지으며 말했습니다.

"내가 그 돈을 빌려주면 당신들끼리 독립해서 일을 해보겠습니까?"

도산과 이강은 집주인의 말이 도저히 믿어지지 않아 서로의 얼굴만 멀뚱멀뚱 쳐다보았습니다. 온화한 미소의 구원자는 어깨를 으쓱 들어올리며 그들의 대답을 재촉했습니다.

"그보다 더 많은 돈이 필요합니까?"

도산과 이강은 동시에 큰 소리로 대답했습니다.

"아닙니다. 그 돈이면 충분합니다. 그렇게만 해주신다면 저희는 몸을 아끼지 않고 열심히 일하겠습니다."

"당신들의 성실함과 정직한 태도가 내 마음을 움직였어요. 당신들이 오고 나서 한인들이 사는 곳은 완전히 달라졌습니다. 나는 그곳을 지나갈 때마다 빈 땅에 심은 꽃들을 보았습니다. 꽃을 사랑하는 사람은 마음도 아름다운 법입니다. 나는 아무 대가도 바라지 않고 당신들을 돕겠습니다. 빌려준 돈의 이자도 받지 않을 것입니다. 신문사 교섭도 해주고 전화도 놓도록 도와주겠습니다."

도산과 이강은 집주인의 손을 잡고 놓지를 못했습니다.

"고맙습니다, 정말 고맙습니다."

"럼지 씨, 이 은혜는 죽어도 잊지 않겠습니다."

집주인은 그들의 어깨를 두드려 주었습니다.

"나도 당신들처럼 젊은 날 고향을 떠나왔어요. 그 때 지독히도 고생했지요. 당신들의 처지를 나 역시 잘 알고 있어요. 지금은 고생스럽겠지만 당신들의 미래는 밝을 것입니다."

다음날 이강과 정재관은 사사키를 찾아가 따로 일하겠다고 말했습니다.

"우리들끼리 노동자 고용 사무실을 열려고 합니다. 이제부터 당신 밑에서 일하지 않을 테니 그리 아십시오."

일본인 사사키는 가느스름한 눈을 치켜뜨고 거만한 태도로 말했습니다.

"흥, 마음대로 해도 좋지만 우선 내게 빌린 자전거 값부터 갚으시오."

한인들은 농장에서 6킬로미터 정도 떨어져 살았기 때문에 사사키에게 빌린 돈으로 자전거를 사서 타고 다녔습니다. 도산은 즉시 사사키에게 빌린 돈을 내놓았습니다. 사사키는 금방 표정이 변해 비굴한 어조로 말했습니다.

"당신들에게 일자리를 주지 못한 것은 내 탓이 아니오. 당신들이 농장 일이 처음이라 일이 서툴러 농장주에게 신용을 잃게 될까봐 그랬어요."

사사키는 도산에게 손을 내밀며 서로 협력하자고 말했습니다. 도산은 당당하게 사사키에게 요청했습니다.

"우리 사무실로 쌀 두 가마니만 보내주십시오. 돈은 나중에 갚겠습니다."

사사키는 곧바로 차를 몰고 쌀 두 가마니를 실어왔습니다.

처음에 8명으로 시작한 노동 사무실은 일감이 점점 늘어나 18명이 되었습니다. 집주인에게 빌린 돈을 갚고 전화도 두 대나 놓았습니다. 사무실의 식구는 점점 불어나 35명이 되었습니다. 도산은 집주인에게 말해 사무실을 좀더 큰 집으로 옮겼습니다.

9. 귤 한 개를 따도 조국을 위해

도산은 한인들을 모아 공립협회를 조직했습니다. 이것은 미국 최초의 한인 조직입니다. 공립협회에서는 《공립신문》을 발간하여 한인들에게 애국심을 북돋워 주는 일을 했습니다.

공립협회의 규칙은 다음과 같습니다.

· 밤 아홉 시에 잠자리에 들 것
· 속옷 차림으로 외출하지 말 것
· 방을 깨끗이 정리할 것
· 버는 돈은 저축하거나 본국으로 보낼 것
· 차이나타운에 가서 돈을 쓰지 말 것

도산은 하와이에서 캘리포니아로 건너오는 한인들을 가르치기 위해 야학을 세웠습니다. 교회 목사에게 부탁해 영어를 가르칠 자원봉사자를 구했습니다. 학생은 대여섯 명인데 자원봉사자로 지원한 백인이 열한 명이었습니다. 도산은 그들을 직접 만

나보고 네 명을 뽑아 한인들을 가르치게 했습니다.

도산은 저녁 시간이면 귤 농장에서 일을 마치고 온 한인들을 모아놓고 지도했습니다.

"우리는 조국을 떠나 있지만 어디에서든 우리가 한국인이라는 것을 잊어서는 안 됩니다."

한인들은 눈망울을 반짝이며 도산의 한 마디 한 마디에 귀를 기울였습니다.

"우리는 귤 한 개를 따도 조국을 위해 일해야 합니다. 모든 큰 일은 아주 작은 일에서부터 시작되기 때문입니다. 거대한 바위도 작은 빗방울에 구멍이 패이고 천리 길도 한 걸음부터입니다. 귤 한 개를 딸 때도 정성껏 따는 것이 우리를 성실한 인격으로 키우고 우리 민족을 세계에서 가장 우수한 민족으로 만드는 것입니다."

도산의 지도 덕분에 한인들이 일한 농장은 그 해에 많은 수확을 거두게 되었습니다. 어느 날 교회의 메리 부인이 한인들을 초대했습니다. 메리 부인은 고향을 떠나온 한인들을 어머니처럼 돌보아 주고 있었습니다. 도산과 이강 등은 일을 끝내고 교회로 갔습니다. 교회 안에는 다과상이 차려져 있었습니다.

"한인들을 모두 초대했는데 어째서 당신들만 왔습니까?"
메리 부인은 뚱뚱한 몸을 흔들며 호들갑스럽게 말했습니다.

"한인들 모두를 초대했으니, 어서 가서 모두 데려오세요."
정재관이 부리나케 달려가 한인들을 모두 데려왔습니다. 농장주가 앞으로 나오더니 정중하게 말했습니다.

"우리 농장은 올해 당신들 덕분에 큰 이익을 보았습니다. 한 인들은 귤 한 개를 딸 때도 정성껏 따기 때문입니다. 가위질을 함부로 하면 귤에 흠집이 나고, 귤 꼭지를 길게 따면 다른 귤들 에 상처를 내 그곳이 썩어 버립니다. 한인들은 귤 한 개를 따도 자기 일처럼 하기 때문에 우리 농장은 많은 수확을 거두었어요. 이 모두가 당신들 덕분입니다."

다음에는 목사가 나서서 말했습니다.

"이곳에서 일하는 한인들을 일 년 동안 지켜보았는데 모두가 좋은 사람들입니다. 우체국에 알아보니 여러분은 번 돈을 다달 이 본국에 보낸다고 하더군요. 저축도 많이 하고 차이나타운에 가서 도박을 하는 사람도 없습니다. 이런 성실한 태도와 나라를 사랑하는 정신은 우리 미국인도 본받아야 할 것입니다. 야학 교 사에게 물으니 영어도 열심히 공부하고 우리보다 성경을 더 많 이 읽는다고 들었습니다."

목사는 한인들에게 40권의 성경과 찬송가책을 선물로 주었습 니다.

1906년 4월, 샌프란시스코에 대지진이 일어나 공립회관은 완 전히 불에 탔습니다. 공립협회는 오클랜드에 임시 회관을 마련 하고 그곳으로 이사했습니다.

대지진이 일어나자 한국 정부에서는 미국의 동포들에게 1900 달러의 위문금을 보냈습니다. 1905년의 을사조약으로 한국의 외교권이 일본에 있었기 때문에 위문금은 일본 공사를 통해서 전달되었습니다. 일본 공사는 대지진을 기회로 미국에 사는 한인들을 일본 편으로 만들려고 흉계를 꾸몄습니다.

대지진으로 한인 사상자가 84명이라는 거짓 정보까지 통감부에 보냈습니다.

"일본 영사를 통한 돈은 절대 받을 수 없다. 재미동포는 일본을 배척하기로 결의했다."

도산은 여러 곳의 대의원들에게 편지를 보냈습니다. 대의원들은 하나같이 위문금을 받을 수 없다는 결정을 보내왔습니다. 도산은 한국 정부에 위문금을 보내주어 감사하지만 별로 손해본 것이 없어 돈을 돌려보낸다는 편지를 띄웠습니다.

어느 날 철도 공사장에서 살인 사건이 일어났는데 피해자가 한인이었습니다. 공립협회는 송석준을 보내 사고를 조사했는데 살인 현장에 있던 미국인이 일본 영사관으로 보고서를 보내려 했습니다. 도산은 강력히 항의했습니다.

"한인의 문제는 한인들 스스로가 해결할 것입니다."

"당신들은 일본의 국민이 아니오?"

"우리는 한국인입니다, 절대 일본의 국민이 아닙니다."

보고서는 공립협회 총회장 앞으로 전달되었습니다. 이때부터 공립협회는 한인들이 외교권을 주장할 수 있는 대표기관이 되었습니다.

도산이 동포들을 위해 밤낮없이 뛰어다니는 바람에 집안 형편은 말이 아니었습니다. 부인이 첫아들을 낳을 때도 병원에 갈 돈이 없어 교회에서 아기를 낳았습니다. 부인은 돈을 벌기 위해 남의 집 요리도 해주고 삯바느질도 했습니다. 부인은 동포들을 만날 때마다 눈물을 흘렸습니다. 그래서 그 때의 별명이 울보 색시입니다. 고생이 너무 많군요, 하고 위로해주어도 울고, 외국에서 만나니 반갑소, 하고 말해도 울었습니다.

이혜련 여사는 나중에 늙은 후에 그 때의 심정을 이렇게 말했습니다.

"그 때는 아마 울음보가 터졌던 모양이에요. 동포를 만나면 인사가 우는 것이었어요. 그 때 너무 많이 울어서 그런지 그 후에 더 고통스런 일이 있어도 그 때처럼 울지는 않았어요."

혜련 여사는 겉으로는 온화한 모습이었지만 무척 강한 여성이었습니다. 그런데도 날마다 눈물로 지냈다고 하니 그 때의 생활이 얼마나 힘들었는지 미루어 짐작할 수 있습니다.

첫아기가 태어나자 도산은 필립이라고 이름을 지었습니다. 필립은 한국어로 '필립(必立)'이라고 불립니다. '필(必)'은 '반드시'라는 뜻이고, '립(立)'은 '우뚝 선다'는 뜻입니다. 즉 반드시 독립한다는 의미였습니다. 그리고 필립이라는 이름은 의형제인 김필순의 미국식 표현이기도 했습니다. 훗날 필립은 헐리우드의 영화배우가 되었습니다. 김필순의 셋째아들 김염도 중국에서 유명한 영화 황제가 되었습니다. 안필립과 김염은 단 한 번도 만난 적은 없지만 아마도 아버지들의 우정을 통해 어떤 교감을 나누어 가졌나 봅니다.

이 때, 국내의 사정은 더욱 위태로웠습니다. 고종 황제를 위협해 강제로 을사조약을 맺은 일본은 국내에 경무총감부라는 기관을 만들어 독립지사들을 마구 잡아들였습니다.

이강, 정재관, 김성무 등은 도산의 집에 모여 밤을 새워가며 의논했습니다. 도산과 동지들은 〈신고려회〉라는 항일단체를 만들어 독립의 결의를 다졌습니다. 그리고 국내에도 항일단체가 필요하다는 결론을 냈습니다.

"도산, 이곳은 우리들에게 맡기고 한국으로 돌아가는 것이 어떻겠나?"

"그래, 가족은 우리가 돌볼 테니 한국에 가서 항일운동에 불을 붙여야 해."

세 사람은 손을 굳게 맞잡고 앞날을 기약했습니다. 1907년 1월 8일, 도산은 도릭호를 타고 귀국길에 올랐습니다.

도산이 귀국할 당시 필립은 겨우 한 살이었습니다. 곧 돌아오겠다고 떠난 도산은 몇 해가 지나도록 미국으로 가지 못했습니다. 부인은 아무것도 모르는 아기가 울 때면 함께 울었습니다. 기다림에 지친 부인은 도산에게 길고 긴 원망의 편지를 보내왔습니다. 도산은 부인에게 다음과 같은 답장을 썼습니다.

〈나의 사랑하는 혜련에게
나는 비록 자주 편지를 하지 아니하나 집안 소식을 알고자 하는 욕심은 간절하던 차에 그대의 편지를 받아보니 커다란 위로가 되나이다. ……나는 결단코 방탕한 남자가 되어 집을 잊고 아니 돌아가는 자는 아니라, 세상이 다 나를 웃고 처자가 원망하더라도 나의 붙잡은 일을 차마 버릴 수 없나이다. 그런즉 나만 사랑치 않고 나라를 사랑하는 그대는 나를 나라 일 하라고 원방에 보낸 셈으로 치고 스스로 위로받기를 원하나이다.〉(1908년 11월 20일)

부인은 눈물이 나오려고 할 때마다 도산이 보낸 편지를 꺼내 읽었습니다. 필립은 말을 하기 시작하면서 어머니에게 자꾸만 물었습니다.

"엄마, 우리 아버지는 어디 계셔요? 우리 아버지는 왜 집에 오시지 않아요?"

부인은 가슴을 억누르며 말했습니다.

"네 아버지는 이천만 사람들의 아버지란다."

필립은 후에 이렇게 말했습니다.

"내가 한 살 때 아버지가 고국으로 가셨습니다. 나는 사진을 통해서 아버지 얼굴을 익혔지요. 어머니는 늘 아버지의 사진을 보여주면서 이분이 아버지라고 말씀해 주셨습니다. 네 아버지는 이천만의 아버지다, 라고 하시며 눈물을 떨구시곤 했어요."

10. 대한의 남자야! 여자야!

도산은 만 3년 동안 국내에 머무르며 활발하게 독립활동을 했습니다. 1907년 4월, 도산은 이갑, 양기탁, 이동녕, 이동휘 등과 함께 정치단체인 〈신민회〉를 만들었습니다. 신민회의 목적은 다음과 같습니다.

1. 국민에게 민족 의식과 독립 사상을 불어넣을 것
2. 동지를 발견하고 함께 힘을 모아 국민 운동의 힘을 쌓아 나갈 것
3. 교육 기관을 각지에 세워 청소년 교육에 힘을 쏟을 것
4. 각종 상공업 기관을 만들어 국민의 경제 상황을 발전시킬 것

도산은 신민회의 실제 지도자였으나 회장의 자리에 선배인 양기탁을 받들었습니다. 이것은 윗사람에 대한 예의이기도 했지만 명예에 얽매이지 않고 일을 해 나가려는 도산의 열정이었

습니다. 이 일은 저마다 높은 자리를 탐내는 사회에서 어린 청년들에게 좋은 본보기가 되었습니다.

신민회는 교육, 문화, 실업, 언론의 네 가지 일을 했습니다. 평양에 대성학교를 세우고 대동강 상류에 도자기 공장을 세웠습니다. 서울, 평양, 대구에 출판 사업과 서점을 겸한 태극서관을 세워 좋은 책을 펴내고 판매도 했습니다. 태극서관은 신민회 동지들의 비밀 연락처가 되기도 했습니다.

"서점은 학교이고 책은 선생이다."

도산은 늘 학생들에게 좋은 책을 읽으라고 권했습니다. 좋은 책을 많이 읽어야 훌륭한 사람으로 성장할 수 있다고 입버릇처럼 말했습니다.

도산은 민중에게 독립 정신을 심어주기 위해 전국을 돌아다니며 연설을 시작했습니다.

"대한의 남자야! 대한의 여자야! 너는 네 나라를 위해 무엇을 하고 있는가?"

도산은 연설을 시작할 때면 언제나 군중을 향해 대한의 남자야 여자야, 하고 외쳤습니다. 도산의 외침은 인자한 아버지의 부름처럼 군중의 가슴을 파고들었습니다. 도산의 연설이 있는 날이면 강연장은 사람들로 터져 나갈 지경이었습니다.

1909년 단오날, 평양 칠성문 안의 광풍정에는 1만여 명의 군중이 모여들었습니다. 드디어 도산이 연단에 올라섰습니다.

"여러분, 나라 일을 하는 데는 여러 가지가 있습니다."

도산은 손을 높이 들어 평양 시가지를 가리켰습니다.

"저기 보이는 평양 시장에서 장사하는 사람은 지금 장사로 나라 일을 하는 것입니다."

이번에는 능라도를 가리켰습니다.

"저 능라도에서 김을 매는 사람은 호미를 가지고 나라 일을 하고 있는 것입니다."

다시 기자묘를 가리키며 말했습니다.

"저 솔밭에서 나무를 하는 사람은 낫을 가지고 나라 일을 하는 것입니다."

군중의 반짝이는 눈망울은 도산의 동작 하나 하나를 따라 움직였습니다.

"지금 이 자리에 계신 여러분은 무엇을 가지고 나라 일을 하겠습니까?"

군중은 귀를 쫑긋 세우고 도산의 다음 말을 기다렸습니다.

"여러분은 귀를 가지고 나라 일을 하는 것입니다. 여러분이 제 말을 잘 귀담아 듣고 그대로 실천하는 것이 나라를 위하는 것입니다. 그러니 여러분의 귀가 보배입니다."

군중은 더욱 귀를 세우고 도산의 말을 들었습니다.

"여러분, 일본 사람에게는 절대로 땅을 팔지 마십시오. 그것은 자기 넓적다리의 살을 베어 먹는 것과 마찬가지입니다."

도산은 우리 민족의 잘못된 점도 차근차근 말했습니다.

"우리는 나라를 잃은 책임을 일본에게 돌리고 이완용에게 돌립니다. 양반 계급에게 돌리고 조상에게 돌립니다. 나 하나만은 책임이 없는 것처럼 말하고 있습니다. 이완용에게 죄가 없다는 것이 아니라, 이완용으로 하여금 그렇게 하도록 내버려 둔 우리 모두에게도 책임이 있습니다."

도산의 연설은 사람들에게 자기 자신을 돌아보게 했습니다.

"오늘 우리 나라의 주인 되는 이가 얼마나 됩니까? 우리 모두가 다 대한 사회의 주인이라고 생각하십니까? 아닙니다. 여기 있는 사람은 누구든지 겉보기로는 주인이지만 실제로 주인 노릇을 하는 이가 얼마나 됩니까? 어느 집이든지 주인이 없으면 다른 사람이 그 집을 차지하고, 어느 나라든지 주인이 없으면 그 나라는 망하게 됩니다."

도산은 직접적인 예를 들어 쉽게 말했기 때문에 누구나 알아 듣고 감동을 받았습니다.

"여러분, 참새가 구렁이 허리 위에 잘못 앉았습니다. 이때 참새가 정신을 바짝 차려 와락 날아가면 될 텐데 공포에 질려 발발 떨다보면 구렁이에게 잡아먹힙니다."

군중은 침을 꿀꺽 삼키며 도산의 다음 말을 기다렸습니다.

"우리는 어떤 상황에서도 희망을 잃지 않아야 합니다. 절망이야말로 우리의 가장 큰 적입니다."

연설이 끝나면 도산은 우렁찬 음성으로 노래를 불렀습니다.

어야 지야 어서 가자.
무실 역행 배를 타고

실행 돛을 높이 달아

부는 바람 자기 전에

어야 지야 어서 가자.

군중들은 뜨거운 가슴이 되어 도산을 따라 노래를 불렀습니다. 노래가 끝나면 모두가 소리 높여 만세를 외쳤습니다.

"대한 제국 만세!"

"대한 제국 만세!"

"대한 제국…… 으흐흑!"

누군가 한 사람이 흐느껴 울기 시작하면 너도나도 울기 시작했습니다. 나라 잃은 설움이 한꺼번에 터져 나와 장내는 울음바다가 되었습니다.

연설장에는 항상 일본 형사가 지키고 있었습니다. 일본은 도산이 세 치 짧은 혀로 백만 군대의 효과를 낸다고 늘 감시를 붙였습니다. 그 자리에서 연설 내용을 받아 적던 일본 형사도 군중을 따라 눈물을 죽죽 흘렸습니다.

연설이 끝나면 여자들은 손에 끼고 있던 금반지를 빼냈습니다. 남자들은 주머니를 뒤져 쌈지돈을 내놓았습니다. 연설을 들으러 왔던 기생들도 그 자리에서 머리에 꽂은 금비녀와 가락지를 빼놓았습니다.

기생 박화산은 여자도 교육을 받아야 한다는 도산의 연설에 크게 감동했습니다. 그녀는 그 길로 기생 옷을 벗고 여학교에 진학해 진명학교의 교사가 되었습니다.

남강 이승훈은 평북 정주 사람인데 유기장사를 다니다가 평양에서 도산의 연설을 듣게 되었습니다. 이승훈은 유기장사로 큰돈을 벌어 평양에서 갑부 소리를 듣고 있었습니다.

"나라가 없고서 한 집과 한 몸이 있을 수 없고, 민족이 천대받을 때 혼자만 영광을 누릴 수 없다."

이승훈은 도산의 이 말에 큰 감동을 받았습니다. 도산이 감옥에 갇혔을 때 이승훈은 면회를 갔습니다. 도산은 그의 손을 잡고 당부했습니다.

"이선생님, 학교를 세워 청년들을 가르쳐야 합니다. 그것이 우리 민족이 독립할 수 있는 길입니다."

이승훈은 그 길로 상투를 자르고 고향 정주에 내려가 전 재산을 털어 오산학교를 세웠습니다. 이승훈은 3·1 운동 때 독립선언서에 서명한 민족 대표 33인 가운데 한 사람입니다.

1905년 11월 9일, 대한제국의 통감으로 온 이토 히로부미는 명치유신(19세기 후반 일본에서 일어난 근대화 운동)을 일으켜 일본의 근대화를 이룬 인물입니다. 이토 히로부미는 도산을 만나고 싶어했습니다. 도산을 자기편으로 만들면 많은 독립지사들이 일본에 협조할 것이라고 생각했기 때문입니다.

몇 번 회담을 거절하던 도산은 동지들에게 나쁜 일이 닥칠까봐 이토 히로부미를 만나기로 했습니다. 또 그를 만나 얘기를 나누다 보면 일본의 흉계를 알 수 있을 것이라는 생각 때문입니다.

도산은 서른한 살의 젊은이이고 이토 히로부미는 칠십을 바라보는 정치가입니다. 이갑이 통역으로 따라갔는데 이토 히로부미는 대문 밖까지 나와 도산을 맞았습니다.

"그대가 삼천리 방방곡곡을 두루 다니면서 연설을 하는 목적이 무엇이지요?"

이토 히로부미는 흰 수염을 어루만지며 다소 거만하게 물었습니다. 도산은 조금도 위축되지 않고 당당하게 대답했습니다.

"귀하가 50년 전 일본을 위해 하던 일을 저는 오늘 한국을 위하여 하려는 것입니다."

이토 히로부미는 도산에게 동양 사람들이 단결할 것을 주장했습니다.

"동양 사람끼리 서로 합해야 백인들의 침략을 막을 텐데요?"

"동양 문제를 말하자면, 일본이 머리라 치면 한국은 목이고 청나라는 몸통이라 할 수 있습니다. 머리와 목과 몸통이 서로 믿지 못해 동강이가 나 있지 않습니까?"

"믿지 못한다니 무슨 말이지요?"

"이동휘, 강윤희 같은 교육자를 잡아 가두는 것은 교육을 하지 말라는 뜻이 아닙니까?"

"나는 처음 듣는 일입니다. 밑의 사람들이 모르고 한 짓이니 곧 고치도록 하지요."

이토 히로부미는 아버지가 아들에게 하듯 다시 자상한 말투로 말했습니다.

"내 평생의 이상이 셋이 있어요. 첫째는 일본을 현대 국가로

만드는 것이고, 둘째는 한국을, 셋째는 청나라를 그렇게 하는 것입니다. 일본은 목적을 이루었으나 일본 혼자서는 서양의 침입을 막을 수 없습니다. 한국과 청나라, 일본이 서로 힘을 합해야 하지 않겠습니까?'

이토 히로부미는 도산을 바라보며 은근히 말했습니다.

"나와 같이 청나라에 가지 않겠습니까? 세 나라의 정치가가 서로 힘을 합해 동양의 평화를 세우도록 합시다."

도산은 자세를 가다듬고 조용히 말했습니다.

"세 나라의 단결이 동양 평화의 기초라는 것은 저도 알고 있습니다. 귀하가 한국을 도울 좋은 방법을 알려드리겠습니다."

"무엇입니까?"

"일본을 강하게 한 것이 일본인인 귀하였던 것처럼, 한국은 한국인으로 하여금 발전하게 하십시오. 만일 일본의 명치유신을 미국인이 주도했다면 귀하는 가만히 계셨겠습니까?"

이토 히로부미는 할 말을 잃었습니다.

"불행히도 일본은 한국과 청나라에서 인심을 잃었습니다. 일본의 불행인 동시에 세 나라 모두의 불행이라고 생각합니다. 이런 침략적인 행동은 귀하가 막으려 하는 서양 세력이 침입해 오는 원인이 될 것입니다."

이 때의 도산의 예언은 그대로 맞았습니다. 2차 세계대전 때 일본이 미국의 진주만을 공격하자 미국은 히로시마에 핵 폭탄을 떨어뜨렸습니다. 따라서 일본은 무조건 항복을 할 수밖에 없었습니다.

회담의 결과로 감옥에 갇혀 있던 이동희 등이 풀려 나왔으나 다른 성과는 없었습니다. 이토 히로부미는 도산의 인품에 크게 감탄해 다음과 같이 말했습니다.

"그는 바른 사람이다. 반드시 크게 될 인물이다."

도산은 이토 히로부미가 권하는 내각 제의를 깨끗이 거절했습니다. 일본이 우리 나라를 속국으로 집어삼키려는 속셈을 알았기 때문입니다.

11. 대성학교의 호랑이 선생님

1908년 9월 26일, 도산은 평양에 대성학교를 세우고 윤치호를 교장으로 맞이했습니다. 그리고 자신은 교장대리로 학교의 궂은 일들을 도맡아 했습니다.

대성학교의 학생들은 평양에서 부러움의 대상이었습니다. 방학이 되어 고향에 돌아가면 대선생의 가르침을 받았다 하여 마을 사람들의 사랑도 한몸에 받았습니다.

도산의 교육방침은 건전한 인격을 갖춘 애국 국민을 키우는 것입니다.

"죽더라도 거짓을 말해서는 안 됩니다."

"약속을 지키는 것, 시간을 지키는 것이 모두 성실 공부입니다. 약속을 어기는 것, 시간을 지키지 않는 것은 허위의 실천입니다."

어떤 학생이 결석계를 제출했는데 부모의 도장을 찍어야 할 자리에 남의 도장을 찍고 슬쩍 비벼 알아보지 못하도록 했습니다. 도산은 그 학생을 불러 엄하게 꾸짖었습니다.

"이것은 사소한 일인 것 같으나 대성학교의 정신에 크게 어긋나는 일입니다. 이런 정신으로 공부하면 세상 없는 공부를 해도 소용없는 일이오."

도산은 잘못한 일에 대해서는 반드시 벌을 내렸습니다. 이 학생은 무기정학이라는 중벌을 받았습니다.

어느 날 조회 시간에 도산은 학생들에게 한 가지 제안을 했습니다.

"내일부터 등교할 때마다 돌멩이 하나씩을 들고 오도록 하십시오."

학생들은 영문도 모른 채 다음날부터 돌을 한 개씩 들고 등교했습니다. 교문 옆에는 학생들이 모아놓은 돌무더기가 산봉우리처럼 쌓여갔습니다.

날씨가 화창한 어느 날 도산은 학생들이 모아놓은 돌로 학교의 돌담을 쌓았습니다.

학생들은 땀을 뻘뻘 흘리며 열심히 돌을 나르고 담을 쌓아 올렸습니다.

"와! 선생님, 이것 보세요. 우리가 하나씩 가져온 돌이 튼튼한 담이 되었습니다."

"선생님, 티끌 모아 태산이라는 말이 괜한 말이 아니었습니다."

대성학교의 돌담은 학생들 하나하나의 힘으로 만들어졌습니다. 학생들은 자신들이 쌓은 돌담을 등·하교 때마다 바라보면서 흡족한 미소를 지었습니다.

이것은 도산이 학생들에게 실천의 정신과 함께 협동의 정신을 가르치려 한 것입니다. 또한 한결같은 마음을 길러주려 한 것이지요. 한결같은 마음은 변함이 없는 올바른 마음을 뜻합니다.

어느 날 학생 하나가 깜빡 잊고 돌을 가져오지 않은 일이 있었습니다. 그 학생은 회장으로 조회 시간을 지휘하는 학생이었습니다.

"선생님, 이번 한 번만 용서해 주십시오."

학생은 용서를 빌고는 대열 속으로 뛰어들어갔습니다. 조회가 끝난 뒤에 도산은 그 학생을 불렀습니다.

"왜 돌을 가져오지 않았습니까?"

"깜빡 잊었습니다. 다음부터 반드시 돌을 가져오겠습니다."

"학생회장이라고 해서 용서해 줄 수는 없소. 대장부답게 떳떳이 벌을 받으시오."

도산은 그 학생을 돌무더기 옆에서 한 시간 동안 벌을 세워 반성하게 했습니다.

"나 하나를 먼저 좋은 인격자로 만드는 것이 우리 민족을 좋은 민족으로 만드는 것이오."

도산은 학생들에게 간절히 당부했습니다.

"내 말을 가장 잘 듣는 것은 바로 나 자신이오. 그러니 나를 먼저 새 사람으로 만들어야 합니다. 내 눈이 책을 보기 싫어하거든 내 눈을 책을 좋아하는 눈으로 바꾸고, 내 손이 일을 하기 싫어하면 일하기 좋아하는 손으로 바꾸시오. 그러면 남들이 먼저 나를 본받을 것입니다."

도산은 훌륭한 인격과 함께 체력도 키울 것을 주장했습니다. 덕(德) · 체(體) · 지(知)를 기르는 것이 도산의 교육목표입니다.

"무쇠 기둥이 됩시다."

"강철이 됩시다."

대성학교의 체육 훈련은 굉장히 엄했습니다. 학생들에게 눈 위에서 맨발로 훈련하게 하고 뙤약볕 아래에서 4킬로미터씩 달리기를 시켰습니다. 학생들은 조금도 불평하지 않고 자랑스럽게 훈련을 받았습니다.

새벽에는 학생들을 모아 만수대나 청류벽 꼭대기까지 행진을 시켰습니다.

무쇠 골격 돌 근육
소년 남아야
애국의 정신을
분발하여라

대성학교 학생들의 우렁찬 행군가를 들으며 새벽잠을 깨는 평양 시민은 커다란 기쁨을 맛보았습니다. 그 순간 평양 시민은 언젠가는 잃어버린 나라를 되찾을 수 있을 것이라는 희망을 가질 수 있었으니까요.

하루는 일본 경찰이 학교에 찾아와 도산을 윽박질렀습니다.

"당신 제자들이 새벽에 지르는 괴성 때문에 잠을 설친다는 신고가 들어왔어요. 다시는 이런 일이 없도록 해 주시오. 그렇지 않으면 행군한 학생들을 모두 잡아들일 것이오."

도산은 분노를 억누르고 조용히 말했습니다.

"행군가 때문에 잠을 깬 시민의 이름을 말해 주시오."

"말이 많소. 한번 더 이런 일이 생기면 당신 학생들을 모두 잡아 가둘 것이니 그리 아시오. 지금은 경고로 그치나 한번만 더 행군가를 부르면 가만 두지 않을 것이오."

도산은 제자들이 경찰에 잡혀 가 고문을 받을 것이 걱정되었습니다.

"마음속으로만 행군가를 부르도록 합시다."

잠시라도 대성학교의 학생이 되었던 사람은 평생 도산을 믿고 따랐습니다. 도산은 엄한 스승인 동시에 자애로운 아버지와도 같았습니다. 도산은 나이 어린 제자들에게도 반말을 하지 않았고 이름을 부를 때도 '아무개 군' 이라고 불렀습니다.

도산은 400여 명 학생들의 이름을 일일이 기억했다가 길에서 만나면 이름을 불렀습니다. 학생 하나하나와 직접 대화를 통해 집안 사정을 알아두었다가 생활이 어려운 학생이 있으면 남몰래 장학금을 마련해 주었습니다.

안중근 의거로 감옥에 갇히게 되자 안태국을 면회 오게 해 장학금을 마련해 줄 것을 부탁했습니다. 안태국마저 감옥에 갇히자 차리석에게 부탁해 가정형편이 어려운 학생이 학업을 포기하지 않도록 힘썼습니다.

도산은 엄격한 교육을 시키는 한편 학생들에게 가끔 오락시간을 가지도록 했습니다. 노래도 즐겨 부르고 춤도 추게 했습니다. 오락시간에 도산은 학생들을 웃기기 위해 못 추는 춤도 추고 노래도 불렀습니다.

도산이 지은 많은 노래들은 대성학교 학생들의 애창곡이 되었습니다.

　　사랑하는 우리 학생들
　　오늘날 서로 만나 보니
　　반가운 뜻이 많은 중에
　　나라 생각 더욱 많고나

이 노래는 대성학교 시절 도산이 지은 것입니다. 도산은 책상에 앉아서 하는 것만이 공부가 아니고 자연의 경치와 음악, 미술을 사랑하는 것이 인격을 키우는 것이라고 말했습니다. 도산은 자주 학생들과 대동강으로 수영하러 갔습니다. 장마로 물이 불어나 겁먹은 학생들이 물 속에 뛰어들지 못하면 먼저 웃통을 벗고 강물을 헤엄쳐 건넜습니다.

평양 시내에서 큰 불이 나면 누구보다 먼저 대성학교 학생들이 달려가서 불을 껐습니다. 모두가 도산의 가르침 때문입니다.

122

"약한 자가 억울한 일을 당할 때에 구하려고 나서는 것은 옳은 일입니다. 옳은 일을 보고 용기 있게 나서지 못하는 것은 의로운 자가 아닙니다."

1909년 2월 3일, 순종 황제가 평양성을 찾았습니다. 이 때 이토 히로부미가 동행하게 되었습니다. 순종 황제가 평양에 도착하기 전날 일본 경찰은 각 학교의 교장을 불러 일장기를 내주었습니다.

"학생들은 정거장에 나가서 황제를 환영하시오. 태극기와 일장기를 함께 들게 하시오."

도산은 있을 수 없는 일이라고 반대했습니다.

"황제를 환영하기 위해 행렬을 지을 때 태극기를 드는 것은 당연하지만 일장기를 드는 것은 무엇 때문이오?"

"통감도 함께 오시기에 그러는 것이오. 잔말 말고 그대로 실행하시오."

"통감에게 황제와 같은 대우를 할 수 없소. 이는 황제 폐하에 대한 예의가 아니오."

다음날 대성학교 학생들은 일장기를 들지 않았습니다. 이 때문에 도산은 더욱 일본 경찰의 감시를 받게 되었습니다.

어느 날 서울에 다녀오던 도산은 산길에서 강도를 만나게 되었습니다. 강도는 도산에게 칼을 들이대며 협박했습니다.

"가진 돈을 모두 내놓지 않으면 목숨이 위태로울 것이다!"

도산은 태연한 태도로 강도에게 돈을 내주면서 말했습니다.

"도적질은 죄가 되니 다시는 도적질을 하지 마십시오."

강도는 눈을 크게 뜨고 물었습니다.

"저, 혹시, 안창호 선생님이 아니십니까?"

도산은 빙그레 웃으며 그렇다고 대답했습니다. 강도는 그 자리에서 무릎을 꿇고 잘못을 빌었습니다.

"아이고! 선생님! 죽을 죄를 지었습니다. 어린 자식들이 배고파 우는 것을 도저히 볼 수가 없어서 이 짓을 하게 되었습니다."

강도의 눈에서 굵은 눈물이 뚝뚝 떨어졌습니다.

도산은 강도의 손을 잡아 일으켰습니다.

"당신 잘못이 아니오. 이 모두가 나라를 잃은 죄입니다."

"크흐흐흑! 선생님!"

강도는 더욱 서럽게 울었습니다.

"이 돈을 밑천 삼아 장사를 하시오. 그리고 두 번 다시 도적질을 하지 마시오."

그는 도적질을 그만두고 바른 사람이 되었다고 합니다.

1909년 10월 26일 오전 9시, 만주 하얼빈 역에서 여섯 발의 총성이 울렸습니다. 안중근 의사가 이토 히로부미를 향해 총을 쏜 것입니다. 폐와 복부에 총상을 입은 이토 히로부미는 그 자리에서 죽었습니다.

일본은 사건이 터진 직후 독립지사들을 마구 잡아들였습니다. 이미 소식을 들은 도산은 일본 경찰이 곧 자신을 잡으러 올 것이라는 생각을 했습니다. 도산은 체포되기 하루 전날 학교의 중요한 서류들을 꺼내 모두 불태워 버렸습니다.

다음날 경찰이 잡으러 오자 도산은 태연히 걸어나왔습니다.

"선생님!"

"도산 선생님!"

교사들과 학생들은 눈물을 흘리며 도산을 쫓아갔습니다.

"모두들 침착하시오. 절대 함부로 행동하지 마십시오."

도산은 뒤따라오는 교사들과 제자들에게 다짐을 주었습니다.

행여 학생들이 불끈하여 경찰에 대항하다가 다칠 것을 염려했기 때문입니다.

　교사인 정영도가 평양역까지 따라갔습니다. 정영도는 열차 시간이 남은 것을 알고 부리나케 학교로 돌아와 돈을 구해 시장에서 배를 몇 개 샀습니다. 숨을 헐떡이며 역으로 달려간 정영도는 도산에게 배가 든 봉투를 건네주었습니다. 위장병을 앓고 있는 도산을 염려해 그렇게 한 것입니다.

　정영도는 곧 서울로 따라 올라가 도산을 면회했습니다.

　"선생님, 동지들이 선생님을 구할 계획을 세우고 있으니 조금만 참으십시오."

　"내가 탈출하면 많은 동지들과 어린 학생들이 다치게 됩니다. 절대 일을 벌이지 마세요."

　도산의 얼굴은 며칠 사이에 몰라보게 수척해졌습니다. 도산이 위장병을 앓고 있기도 했지만 종로 경찰서는 멀쩡한 사람이 들어가도 반죽음이 되어 나오는 무서운 곳이었습니다.

　"놈들은 선생님을 고문할 것입니다."

　"모두가 겪는 고통인데 나라고 피할 수 있겠습니까?"

　도산은 아무 말 없이 면회실의 천장을 바라보다가 이윽고 입을 열었습니다.

　"정선생, 혹시라도 내가 감옥에서 나가지 못하게 되면 미국에 가서 내 가족들을 대신 만나봐 주시오."

　"선생님, 왜 그런 말씀을 하세요?"

　정영도는 쏟아지려는 눈물을 참기 위해 이를 악물었습니다.

대성학교 학생들은 밤이 되면 감옥 근처에 모여들어 도산이 가사를 지어 가르쳐준 애국가를 불렀습니다.

동해물과 백두산이 마르고 닳도록
하느님이 보우하사 우리 나라 만세

무궁화 삼천리 화려 강산
대한 사람 대한으로 길이 보전하세

학생들은 차렷 자세로 서서 우렁차게 애국가를 합창했습니다. 어린 학생들은 감옥 안의 스승에게 자신들이 부르는 노랫소리를 들려주기 위해 밤마다 그곳에 모였습니다. 노래가 끝나기도 전에 뜨거운 눈물이 그들의 볼을 타고 흘렀습니다.

"흐흐흑!"

"선생님!"

도산은 보름 동안 조사를 받았지만 이토 히로부미 암살에 관련되었다는 증거가 나오지 않자 2개월 만에 풀려 나왔습니다.

12. 사라진 나라의 혁명가

　일본은 감옥에서 나온 도산과 동지들을 자기 편으로 끌어들이기 위해 내각을 세울 것을 제의해 왔습니다. 도산은 일본의 속셈을 눈치채고 반대의 뜻을 밝혔습니다.

　"이것은 일본의 술책입니다. 이제 국내에서의 독립운동은 불가능합니다. 해외로 나가 해외 동포들과 힘을 합해 독립을 준비하는 것이 좋겠습니다."

　신채호와 이동휘는 도산과는 다른 의견을 말했습니다.

　"당장 일본과 독립전쟁을 치를 독립군을 키워야 합니다. 일본과 직접 싸워야 합니다."

　"우리 나라의 독립은 일본과의 전쟁으로 되는 것이 아닙니다. 우리 민족 스스로가 힘을 길러 독립할 자격을 갖추어야 합니다. 자본도 모으고 산업도 일으켜 발전된 사회가 되어야 독립할 수 있을 것입니다."

　"언제 실력을 기른단 말입니까? 어느 세월에 힘을 기르고 독립한단 말입니까?"

불 같은 성격의 이동휘는 울분을 참지 못해 주먹으로 책상을 쾅 내리쳤습니다.

"우리가 나라를 잃은 것은 힘이 없기 때문입니다. 힘이 모자라 잃은 것은 힘을 길러야 되찾을 수 있지 않겠습니까? 국내에 남을 수 있는 이는 국내에서, 남을 수 없는 동지들은 해외로 나가서 교육과 산업을 일으켜 독립할 힘을 기릅시다."

도산의 논리 정연한 말에 모두 할 말을 잃었습니다.

"우리들에게 남은 길은 오직 하나밖에 없습니다. 한 걸음 물러서서 독립의 힘을 기르는 것입니다."

도산을 비롯해 그 자리에 있던 동지들은 눈물을 삼키며 각자 탈출해 중국에서 다시 만날 것을 약속했습니다.

도산과 몇몇 동지들은 일본 경찰의 미행을 따돌리기 위해 깊은 밤 길을 나섰습니다. 밤새도록 캄캄한 산길을 몇 번씩이나 헤매다가 간신히 길을 찾아 새벽녘에 행주에 도착했습니다. 행주에서 기다리고 있던 나무배를 타고 가던 중 동지 두 사람은 배멀미가 심해 중간에서 내렸습니다.

도산과 정영도는 계속 배를 타고 가다가 연평이라는 작은 섬에서 하루를 쉬어가기로 했습니다. 지칠 대로 지친 두 사람은 주막집을 찾아들었습니다. 방에는 나그네 두 명이 짐을 풀고 있었습니다. 일본인과 한국인 통역이었습니다. 도산은 태연히 모자와 옷을 벗어 못에 걸었습니다. 한국인 통역이 인사를 청해오자 도산은 자신을 김진사라고 둘러댔습니다. 그러자 한국인 통역이 도산에게 물었습니다.

"고향이 어디십니까?"

"평양입니다."

"그럼 안창호를 잘 아시겠습니다."

정영도는 가슴이 덜컥 내려앉았습니다. 그러나 도산은 아무렇지도 않게 말했습니다.

"안창호가 누군데 그러십니까?"

"아니, 조선 사람이 안창호를 모른대서야 말이 됩니까?"

"당신은 안창호라는 사람을 잘 아십니까?"

"알다마다요. 평양에서 안창호의 연설을 들은 적이 있습니다. 정말 대단한 인물이지요."

"무슨 연설을 했는데 그러십니까?"

한국인 통역은 일본인을 흘긋 보며 조그맣게 말했습니다.

"일본인에게 땅을 파는 것은 제 넓적다리의 살을 베어먹는 것과 같다, 라는 안창호의 말이 내 양심을 푹 찌르는 것 같았습니다. 내가 통역을 해서 일본인에게 사 준 땅이 꽤 되거든요. 그때부터는 땅을 사겠다는 일본인에게는 통역을 해주지 않아요."

도산은 그를 물끄러미 쳐다보며 말했습니다.

"기회가 닿으면 안창호의 연설을 반드시 들어보겠습니다."

도산의 말에 통역은 빙그레 미소를 지었습니다. 정영도는 조마조마했던 가슴을 쓸어 내리고 두 다리를 길게 뻗었습니다. 정영도는 곧 코를 골며 깊은 잠에 빠졌습니다.

다음날 새벽, 연평을 떠난 도산과 정영도는 황해도 장연에서 다시 중국인의 소금배로 갈아타고 긴 망명의 길을 떠났습니다.

1910년 4월 14일 경의 일입니다.

나라를 잃고 망명의 길을 떠나는 도산의 심정은 비참하기만 했습니다. 도산은 찢어지는 마음으로 「거국가」를 읊었습니다.

간다 간다 나는 간다
너를 두고 나는 간다
잠시 뜻을 얻었노라
까불대는 이 시운이
나의 등을 내밀어서
너를 떠나 가게 하니
이로부터 여러 해를
너를 보지 못할지나
그동안에 나는 오직
너를 위해 일할지니
나 간다고 설어 마라
나의 사랑 한반도야

이 노래는 《매일신문》에 발표되어 청년들에게 독립에 대한 희망을 심어주었습니다.

도산은 청도에 도착해 유동열, 신채호, 이동휘, 이종호, 김지간, 조성환, 이강, 박영노, 김희선, 이종만 등과 함께 청도 회담을 열었습니다.

청도 회담에서도 의견은 다시 두 갈래로 갈렸습니다. 하나는 당장 만주로 가서 광복군을 만들어 일본과 싸우자는 급진론입니다. 다른 하나는 해외 동포들을 모아 훈련시켜 힘을 기르면서 기회를 기다리자는 점진론입니다.

교육과 산업을 일으키자는 도산은 점진론을 주장했습니다.

"지금 세계의 흐름은 자본주의 시대입니다. 근대문명을 받아들여야 합니다. 자본도 모으고 산업도 일으켜 근대국가로 독립할 수 있는 힘을 길러야 합니다."

군인 출신의 이동휘는 급진론을 주장했습니다.

"나라가 망하게 되었는데 교육은 무엇이고 산업은 또 무엇입니까? 당장 나가서 왜놈과 싸우다가 죽는 방법밖에는 있을 수 없습니다."

결국 청도 회담은 의견을 모으지 못한 채 깨지고 말았습니다. 동지들은 또다시 뿔뿔이 흩어졌습니다.

1910년 8월 29일, 침략자인 일본은 마침내 한일합병을 발표했습니다. 이로써 대한민국은 세계에서 사라진 나라가 되었고 36년의 기나긴 탄압이 시작되었습니다.

도산이 한일합병 소식을 들은 것은 블라디보스톡에서입니다.

"으흐흐흑! 마침내 올 것이 오고야 말았구나!"

나라가 망했다는 소식에 도산은 가슴을 치며 통곡했습니다. 평생을 통해 도산이 그처럼 슬피 운 것은 그 때가 처음입니다. 농지 개척에 투자하겠다고 한 동지 이종호가 뜻을 바꾼 것도 도

산을 절망시켰습니다. 또한 도산에 대한 나쁜 말들이 더욱 그를 슬프게 했습니다. 안창호가 지나가면 칼로 찌르겠다는 편지를 쓴 사람도 있었습니다. 우연히 이 편지를 본 동지가 즉시 도산에게 조심하라는 편지를 보내왔습니다.

도산은 절친한 친구 이강에게 편지로 괴로운 심정을 전했습니다.

"죽음까지도 같이 해야 할 동지들이 이렇게 변할 줄은 생각조차 한 적이 없다. 이것은 우리의 민족성이 잘못된 탓이 아니고 무엇인가? 먼저 우리의 민족성부터 고쳐야 한다. 만주를 지날 때 왜놈을 무서워했는데 이제는 동포가 나를 해치려 하니 참으로 슬픈 일이다."

도산이 후에 동지가 때리면 맞고 욕하면 욕을 먹으라고 말한 것은 이 때의 뼈아픈 슬픔 때문입니다.

도산은 중국을 통해 러시아로 갔습니다. 블라디보스톡, 니콜리스크에서 러시아의 동포들에게 애국 연설을 하고 우리 민족의 신문 발행 허가를 받기 위해 러시아 정부에 편지를 보내기도 했습니다.

중국과 러시아를 떠돌면서 도산은 이상촌의 계획을 세웠습니다. 이상촌을 만들어 해외에 흩어진 동포들의 독립 운동의 근거지를 만들려는 것이었습니다. 도산은 동지들과 함께 이상촌을 세울 장소를 찾기 위해 북만주의 개척지를 여행했습니다.

1911년 봄, 중국의 각 지방을 살펴보고 다닐 때입니다. 도산과 동지들은 목릉현이라는 곳에서 중국 군대를 만났습니다. 그들은 도산의 콧수염 때문에 일본인으로 착각하고 길을 막았습니다. 중국인들은 침략자인 일본을 매우 미워했기 때문입니다.

도산이 항의하자 군인 하나가 채찍으로 도산을 때렸습니다. 도산은 채찍을 잡은 군인의 손목을 잡아 비틀었습니다. 이강은 근처의 러시아 군인들에게로 달려가 도움을 청했지만 그들은 충돌을 피하기 위해 모른 척했습니다. 중국 군인들은 계속 도산과 동지들에게 채찍을 휘둘렀습니다. 분노한 도산이 큰 소리로 고함을 질렀습니다.

"너희들은 외국의 혁명가에게 이런 대접을 해도 되는가?"

깜짝 놀란 소대장이 도산을 향해 말했습니다.

"당신들은 일본인이 아니오?"

"우리는 한국의 혁명가요. 당신들이 우리에게 강을 건너지 못하도록 하는 것은 대단히 무례한 행동입니다."

도산의 위엄에 눌린 소대장이 부하들에게 일행을 풀어주라고 말했습니다. 하지만 도산은 이대로 지나칠 수 없다고 생각했습니다.

'이것은 만주에 사는 우리 100만 동포의 문제이다. 다시는 이런 일이 없도록 해야겠다.'

도산은 중국인 송덕괴를 통역으로 내세워 수비대장과의 만남을 요청했습니다. 송덕괴는 안중근의 유족들과 친한 사람으로 그 지방의 유지였습니다. 안중근이 이토 히로부미를 암살한 후 유족들은 일본 경찰을 피해 중국으로 망명했습니다. 중국인들은 안중근을 영웅이라고 매우 우러러보았습니다.

송덕괴는 수비대장에게 도산의 말을 그대로 전했습니다.

"이것은 우리 백만 한인에 관계된 일이다. 나는 하얼빈에 가서 이 일을 의논할 것이다. 그래도 안 되면 북경까지 갈 것이다."

송덕괴로부터 도산의 말을 전해들은 수비대장은 즉시 부관을 보내왔습니다. 부관은 무릎을 꿇고 용서를 빌었습니다.

"무례를 범한 소대장을 잡아 가두었습니다. 즉시 감옥으로 보내 처벌받게 할 것입니다."

도산은 수비대장을 찾아갔습니다.

"한국 사람이 일본의 탄압을 피해 중국땅에 와서 사는 것은 큰 은혜입니다. 우리는 채찍을 맞은 분풀이를 하려는 것이 아닙니다. 이 지방에 한국인이 십만이나 살고 간도에도 백만이 살고 있는데 우리 동포들이 나쁜 대우를 받을까 걱정되어서 그러는 것입니다."

수비대장은 앞으로 절대 이런 일이 없을 것이라고 했습니다.

"잡아 가둔 소대장은 풀어주시길 바랍니다."

도산은 간곡히 부탁했습니다.

"이미 보고된 일이니 어쩔 수 없습니다. 그는 자신의 무례함 때문에 벌을 받는 것입니다."

도산은 그곳을 떠나기 전 감옥에 갇힌 소대장을 면회했습니다. 소대장은 뒤늦게 눈물을 흘리며 자신의 무례를 용서해 달라고 말했습니다.

13. 조국과 결혼한 사람

러시아에 있던 이갑이 중병에 걸려 누워 있다는 소식이 들려왔습니다. 도산은 즉시 정영도와 함께 레닌그라드로 달려갔습니다. 도산은 지극 정성으로 간호했지만 뇌일혈로 쓰러져 전신이 마비된 이갑의 병은 하루나 이틀에 나을 병이 아니었습니다.

도산은 이갑의 손을 잡고 당부했습니다.

"내가 미국에 가서 여비를 마련해 보낼 터이니 미국에서 치료받도록 해야겠습니다."

"도산이 나 때문에 괜한 고생을 하는군요."

"그런 말씀 마십시오. 먼저 미국에 가서 기다릴 테니 곧 뒤따라오십시오."

도산은 정영도에게 이갑을 부탁하고 독일로 떠나는 배를 탔습니다. 그 당시 러시아에서 미국으로 가려면 유럽을 거쳐야 했기 때문입니다. 도산이 독일의 베를린을 거쳐 영국 런던에 도착했을 때는 주머니에는 겨우 몇 푼의 돈이 남아 있었습니다. 미국으로 가는 뱃삯으로는 턱도 없이 부족했습니다.

'하루라도 빨리 미국으로 가야 하는데 큰일이구나.'

도산은 낯선 런던의 거리에 서서 하늘을 올려다보았습니다.

'아! 정말 푸른 하늘이구나. 하늘은 어딜 가나 변함없이 아름답구나!'

그 때 도산의 눈에 탐화루라고 씌어진 중국음식점의 간판이 들어왔습니다.

도산은 회심의 미소를 지으며 걸음을 옮겼습니다.

'뜻이 있는 곳에는 반드시 길이 있는 법이다.'

도산은 성큼성큼 탐화루 안으로 들어갔습니다. 배가 불룩 나온 땅딸막한 중국인이 허리를 굽히며 도산을 맞이했습니다. 중국말을 하지 못하는 도산은 종이에 한문으로 안창호라고 썼습니다. 중국인도 고개를 갸우뚱하며 왕찬스라고 적었습니다. 두 사람은 서로의 이름을 밝힌 후 악수를 나누었습니다.

두 사람은 필담을 나누기 시작했습니다. 필담이란 말이 통하지 않을 경우 글로 써서 대화를 나누는 것입니다.

"나는 한국의 혁명가입니다. 미국으로 가야 하는데 뱃삯이 떨어졌습니다. 여비를 빌려주시면 미국에 도착해 곧 갚겠습니다."

왕찬스는 종이에 적힌 글을 읽고 나서 물끄러미 도산을 바라보았습니다. 왕찬스의 얼굴에 잔잔한 미소가 퍼졌습니다.

왕찬스는 두말없이 금고를 열어 도산에게 충분한 여비를 내주었습니다.

도산은 런던에서 배를 타고 대서양을 건너 미국에 도착했습니다. 미국에 도착한 도산은 즉시 왕찬스에게 빌린 돈과 함께 감사하다는 편지와 선물을 보냈습니다. 이에 감격한 왕찬스는 오히려 고맙다는 편지를 도산에게 다시 보내왔습니다.

　도산은 러시아의 이갑에게 300달러를 송금했습니다. 그 돈은 부인이 삯바느질을 해서 차곡차곡 모아둔 돈이었습니다. 미안해하는 도산에게 오히려 부인이 위로의 말을 했습니다.

　"이갑 선생님이 중병에 걸리시다니 참 가슴 아픈 일이에요. 러시아는 너무 추운 곳이라 환자에게 좋지 않아요."

　이갑은 도산이 보내준 돈으로 배표를 구했습니다. 이갑은 병든 몸을 이끌고 뉴욕 항에 도착했지만 미국 이민국은 중환자인 이갑의 입국을 허락하지 않았습니다.

　도산은 이민국 직원에게 간곡히 부탁했습니다.

　"그는 한국의 혁명가입니다. 독립운동을 하느라 고생하여 병을 얻은 것입니다. 제발 그를 받아주시길 바랍니다."

　이민국 직원도 이갑의 딱한 사정을 듣고 마음이 움직였습니다.

　"좋습니다, 당신이 내 손을 잡을 수만 있어도 입국을 허락하겠습니다."

　이민국 직원은 이갑에게 손을 내밀었습니다. 하지만 전신이 마비된 이갑의 손은 조금도 움직이지 않았습니다. 도산의 눈에서도 이갑의 눈에서도 눈물이 비오듯 흘러내렸습니다. 이갑은 병든 몸으로 다시 배를 타고 러시아로 돌아가야 했습니다. 중병의 친구를 험한 뱃길로 돌려보내는 도산의 심정은 찢어질 듯 아팠습니다.

'이 모두가 나라가 없기 때문이다. 우리 민족이 힘이 없는 탓이다.'

그후 도산은 운하 공사장에서 수개월 동안 일해 번 돈 1000달러를 치료비와 약값으로 이갑에게 보냈습니다.

도산이 로스앤젤레스의 가족에게 돌아왔을 때 필립은 벌써 여섯 살이 되어 있었습니다. 도산의 품에 안긴 필립은 얼굴이 빨갛게 되어 소리를 질렀습니다.

"엄마, 엄마, 이 아저씨가 누구에요?"

"하하하. 필립, 내가 네 아버지란다, 그 동안 몰라보게 자랐구나!"

필립은 눈을 동그랗게 뜨고 도산을 바라보았습니다. 곁에 섰던 부인의 눈에 눈물이 가득 고였습니다. 도산은 필립과 함께 부인을 품에 꼭 껴안았습니다.

도산이 돌아왔다는 소식을 들은 동지들이 한걸음에 달려왔습니다. 그들은 도산의 손을 잡고 한참동안 놓을 줄을 몰랐습니다. 부인이 내온 차를 마시면서 한 동지가 도산에게 물었습니다.

"도산, 공사장에 나가 노동일을 한다던데 그게 사실인가?"

미국에 도착하자마자 도산은 일자리를 찾아 노동일부터 시작했습니다.

"다른 일을 찾을 때까지 우선 노동을 할 생각이네."

"아무튼 도산의 부지런함은 누구도 따라갈 수가 없어."

송종익의 말에 모두가 웃음을 터뜨렸습니다. 다른 동지가 말했습니다.

"도산, 지금 미국의 동포들에게는 자네가 몹시 필요해. 모두 도산이 돌아오기만 기다리고 있었어."

송종익이 거들었습니다.

"도산, 지금 이곳에는 자네가 할 일이 태산이야. 도산이 다시 나서야 해."

부인은 조용히 앉아 그들이 나누는 얘기를 들었습니다. 필립도 어머니 곁에 가만히 앉아 어른들의 대화를 듣고 있었습니다.

도산이 돌아오자 필립은 노래라도 부르듯 아버지를 부르며 신이 나서 집안을 뛰어다녔습니다.

"아버지! 아버지!"

"필립, 아버지를 불렀니?"

책을 읽던 도산이 필립을 바라보면 필립은 다시 크게 외쳤습니다.

"아버지! 아버지!"

"하하하. 그 녀석, 참."

"호호호. 여보, 필립이 저렇게 좋아하는 모습은 처음 보아요."

도산이 돌아오자 집안은 웃음꽃이 가득했습니다.

어른들의 대화를 듣고 있던 필립은 어머니의 귀에 대고 속삭였습니다.

"엄마, 우리 아버지는 훌륭한 사람이지요? 이천만의 아버지이지요?"

부인은 어린 아들의 뺨에 입을 맞추며 조그맣게 말했습니다.

"그래, 네 아버지는 조국과 결혼한 사람이란다."

부인의 눈가에 눈물이 살며시 배어 나왔습니다. 필립은 조그만 팔로 어머니를 꼭 껴안았습니다.

1912년 11월, 도산은 미주의 동포들을 중심으로 〈대한인국민회〉를 조직했습니다. 국민회가 하는 일은 한인들을 보호하고 생활을 개선시키는 것입니다. 하와이, 멕시코, 시베리아, 만주 등지에 흩어져 사는 동포들도 여기에 참가했습니다.

도산은 국민회의 초대 회장으로 뽑혔습니다. 국민회는 한인들에게 네 가지의 규칙을 제안했습니다.

· 주거 환경을 깨끗하게 할 것
· 예의를 지키고 거짓말을 하지 말 것
· 승낙과 거절은 분명히 할 것
· 약속한 것은 반드시 지킬 것

도산은 어떤 일에서나 기초를 튼튼히 하는 것이 결과보다 중요하다고 생각했습니다.

"기초를 확실히 하면 기회가 찾아왔을 때 목적을 이룰 수가 있지만 기초가 튼튼하지 않으면 언젠가는 실패하고 만다."

한 걸음씩 착실히 쌓아 나가자는 것은 점진학교 시절부터 지녀온 도산의 원칙입니다.

"우리가 못 하면 우리 아들이, 우리 아들이 못 하면 우리 손자가 독립을 이루게 하기 위해 차근차근 실력을 길러야 한다."

도산은 실력을 길러 우리 스스로의 힘으로 독립할 것을 주장했습니다. 실력을 기르기 위해서는 먼저 인격을 키워야 한다고 말했습니다.

"먼저 우리들의 마음부터 고쳐야 한다. 우리들의 마음부터 새롭게 해야 한다. 우리 한 사람 한 사람이 저마다 새로운 마음으로 다시 태어난다면 온 세계 사람들이 우리를 우수한 민족으로 인정할 것이다."

국민회는 미국 내에서 한국 정부와 같은 역할을 했습니다. 한인들은 국민회의 지도 아래 단결하여 신용과 명예를 쌓아나갔습니다. 그리하여 미국 사회에서 좋은 평판을 듣게 되었습니다.

한국인의 상점에서는 안심하고 물건을 살 수 있다.
한국인 노동자는 믿고 일을 맡길 수 있다.
한국인의 약속은 믿을 수 있다.

1913년 6월, 리버사이드의 동포 11명이 헤메트 지방의 살구 과수원으로 일하러 갔습니다. 한인들은 그곳의 백인들에게 폭행을 당하고 쫓겨왔습니다. 캘리포니아에서는 일본인 배척운동이 벌어지고 있었는데 백인들이 한인을 일본인으로 착각한 것입니다. 사건이 신문에 보도되자 일본 대사는 미국무성에 손해배상금을 요청했습니다.

"미국인들이 우리 일본 국민을 폭행하고 일을 방해했으니 손해배상을 하라."

일본 공사의 태도에 동포들은 분노했습니다.

"우리가 어째서 일본 국민이란 말인가?"

"이건 있을 수 없는 일이다. 우리는 대한 민족이다."

6월 30일, 국민회에서는 미국무성에 공문을 띄웠습니다.

〈우리들은 한일합병 전 한국을 떠난 사람들이다. 우리는 모두 한일합병을 반대한다. 재미한인들은 절대 일본의 국민이 아니다. 한인에 관한 문제는 일본 공사와 의논하지 말고 국민회와 의논하기를 바라는 바이다.〉

7월 2일, 미 국무장관 브라이언은 담화문을 발표했습니다.

〈재미한인은 한일합병 이전에 한국을 떠나온 사람들이다. 이들은 일본의 간섭을 바라지 않는다. 이에 앞으로는 재미한인에 관계되는 일은 한인기관과 의논할 것을 발표한다.〉

외교권을 잃어버린 재미동포들에게 대한인국민회는 합법적인 외교 기관이었습니다. 국민회는 아침마다 태극기를 올리고 한국 정부의 일을 맡아보았습니다.

1914년 4월, 국민회는 캘리포니아 지사에게 정식으로 허가를 받았습니다.

14. 홍사단

1913년 5월 13일, 도산은 샌프란시스코에서 홍사단을 세웠습니다. 홍사단이라는 이름은 『서유견문』을 쓴 한말의 학자 유길준이 지은 이름입니다. 유길준이 말하는 홍사단(興士團)의 사(士)는 지식과 도덕을 갖춘 근대시민을 말하는 것입니다.

도산이 본국에서 시작한 청년학우회를 계승하는 단체를 만들면서 이름을 홍사단이라 지은 것은 유길준의 사(士)의 내용을 받아들인 것입니다.

홍사단의 목적은 다음과 같습니다.

"무실역행으로 생명을 삼는 성실하고 의리 있는 청년들을 모아 근대시민으로 키워 우리 민족 전도대업의 기초를 준비함."

'무실(務實)'은 진실하도록 힘쓰자는 뜻입니다. '역행(力行)'은 말로만 하지 말고 행동하고 실천하는 것입니다.

홍사단은 건전한 인격을 기르기 위한 단체입니다. 건전한 인격이란 다음 세 가지 요소를 갖추어야 합니다.

첫째, 생각과 말과 행위에 있어서 남의 본보기가 될 도덕적 성격을 지녀야 합니다. 건전한 인격을 키우기 위해서 도산은 '무실, 역행, 충의, 용감' 의 네 가지 정신을 강조했습니다.

둘째, 한 가지 이상의 전문지식과 생산기능을 가져야 합니다. 도산은 인생의 첫째 의무는 제 힘으로 제 밥벌이를 하는 것이라고 말했습니다. 도산은 배 젓는 일과 청소하는 일이 자신이 잘할 수 있는 일이라고 했습니다. 도산은 어느 곳에 있든 항상 노동하기를 주저하지 않았습니다. 감옥에서도 실을 꼬아 꽃병을 만들거나 옻칠 기술을 배웠고 후일 대보산장을 지을 때도 인부들과 함께 벽돌을 쌓았습니다.

셋째, 도산은 튼튼한 신체를 강조했습니다.

신체가 튼튼하며, 한 가지 이상의 전문 지식과 생산 기술을 가진 성실하고 진실된 인간, 이것이 도산이 말하는 건전한 인격입니다. 홍사단의 목적은 이러한 인재를 수만 명 키워내 자주 독립국가를 세워 민족의 영원한 발전을 이루는 것입니다.

미국에 온 유학생들은 도산의 영향으로 홍사단에 입단했습니다. 당시 홍사단 활동을 한 사람으로 조병옥, 백낙준, 정일형, 장리욱 등은 훌륭한 지도자가 되어 우리 나라를 위해서 많은 일을 했습니다.

이 때 도산의 가족들은 지낼 곳이 없어 홍사단 사무실의 일층

을 빌려 살았습니다. 그 동안 둘째아들 필선이 태어나 가족은 네 식구가 되었습니다.

한번은 흥사단 단우인 정봉규가 사흘간이나 흥사단의 사무실을 떠나지 않았습니다. 곽림대는 며칠째 머물고 있는 정봉규를 보고 도산에게 물었습니다.

"선생님, 정군이 왜 농장에 일하러 가지 않고 사무실에 있습니까?"

도산은 말없이 웃기만 했습니다. 곽림대는 도저히 궁금해서 참을 수가 없었습니다.

"선생님, 웃지만 마시고 말씀해 주십시오."

"하하하, 글쎄 정군이 양복을 사주겠다는 걸 사양했더니 저렇게 죽치고 있다네."

정봉규는 순박한 얼굴을 붉히며 부루퉁하게 말했습니다.

"선생님, 제가 번 돈으로 선생님께 양복 한 벌 사드리는 것이 왜 안 된다는 것입니까? 제 선물을 받지 않으시면 저는 일하러 가지 않고 언제까지나 이곳에 있겠습니다."

곽림대는 터져 나오는 웃음을 참지 못했습니다.

"하하하. 도산 선생님, 정군이 보통 황소 고집이 아닙니다. 이번만은 선생님께서 지셔야겠습니다."

곽림대의 말에 용기를 얻은 정봉규는 더 큰 소리로 떼를 쓰다시피 했습니다.

"선생님, 제가 농장에 일하러 가지 않으면 매일 10달러의 임금을 손해보는 것입니다."

도산은 하는 수 없이 정봉규에게 양복 한 벌을 선물로 받았습니다. 정봉규가 이렇게 떼를 쓰는 것은 다 그럴 만한 이유가 있습니다.

미국에 유학 온 차경신이 결혼식을 올릴 때의 일입니다. 도산은 아버지 대신 신부의 손을 잡고 입장하기로 했습니다. 그런데 세탁소에 보낸 단벌 양복바지가 결혼식날 아침까지도 배달되어 오지 않았습니다. 도산은 결국 결혼식에 참석하지 못했고 부인이 대신 신부의 손을 잡고 입장했습니다. 이 일은 두고두고 재미 동포들 사이에 화젯거리가 되었습니다.

그 당시 우리 나라 사람들은 헐벗음과 굶주림에서 벗어나기 위해 많은 사람들이 이민을 떠났습니다. 하와이 이민은 1902년부터 이루어졌고 멕시코 이민은 그보다 늦은 1905년에 시작되었습니다.

멕시코의 농장주는 1904년 일본에서 이민을 모으다 실패하자 인천항에 들어와 일본인 다이쇼 간이찌를 내세워 몰래 이민을 모았습니다.

"4년간 열심히 일하면 평생 놀면서 배불리 먹고 살 돈을 벌 수 있다."

가난한 노동자들은 간이찌의 달콤한 거짓말에 속아 멕시코로 가는 배를 탔습니다. 멕시코의 어저귀 농장에서 일하게 된 이들의 비참함은 말로는 다 할 수 없는 것이었습니다.

어느 날 멕시코의 메리다 지방으로 인삼을 팔러 떠났던 인삼 장수 박영순에게서 공립협회 앞으로 한 통의 편지가 왔습니다.

"멕시코에 있는 우리 동포들의 생활이 눈을 뜨고는 볼 수 없어 편지로 몇 자 올립니다. 멕시코의 동포들은 뜨거운 뙤약볕 아래에서 채찍을 맞아가며 노예처럼 살고 있습니다. 물이 맞지 않아 병들거나 뱀에게 물려 일을 못하게 되면 농장주는 이들을 사막 한가운데 내다버립니다. 통역하는 한국인 권병숙이란 사람은 농장주에게 잘 보이기 위해 동포들을 짐승처럼 다루며 괴롭히고 있습니다."

이 모두가 그 당시 우리 나라가 아무 힘이 없기 때문에 생긴 일들이었습니다. 멕시코의 동포들은 도산이 멕시코를 방문해 줄 것을 간절히 기다렸습니다. 1917년 10월 12일, 도산은 멕시코를 향해 배를 타고 출발했습니다.

멕시코 동포들이 농장에서 하는 일은 어저귀 잎을 잘라 묶는 일입니다. 어저귀는 섬유를 만드는 식물로 가시가 무척 많았습니다. 한인들은 어저귀 그루를 묶을 때 몇 그루씩 모자라게 묶었습니다. 농장주를 속여 조금이라도 돈을 더 벌기 위해서였습니다. 이 때문에 농장주들은 섬유업자들로부터 비난을 받게 되었고 멕시코의 지방 신문에는 한인들이 부정직하고 게으른 민족이라는 기사가 실렸습니다.

도산은 리버사이드에서 귤을 따던 때의 일을 멕시코의 동포들에게 들려주었습니다.

"멕시코의 동포 여러분, 귤 한 개를 잘 따는 것이 조국을 살리는 길이라고 생각하고 미국 동포들은 정성껏 귤을 땄습니다. 그해에 한인들이 일한 귤 농장은 큰 이익을 보았습니다."

멕시코의 동포들은 도산의 말에 귀를 기울였습니다.

"멕시코의 동포 여러분, 저는 리버사이드의 귤 농장에서 했던 말을 이 자리에서도 똑같이 할 수밖에 없습니다. 어저귀 한 단을 잘 묶는 것이 바로 우리의 조국을 살리는 것입니다."

도산은 동포들의 얼굴을 한 사람 한 사람 바라보며 진심으로 부탁했습니다.

"우리의 생각과 말과 행동에서 거짓을 없애야 합니다. 그러기 전에는 우리 민족의 번영은 있을 수 없습니다. 우리가 거짓에서 벗어나는 것이 우리 민족을 바로 세우는 길입니다. 거짓을 없애고 서로 협동하여 신용을 지키는 것이 애국하는 길입니다. 민족의 독립을 이룰 때까지 우리는 한마음으로 단결해야 합니다."

연설이 끝나자 도산은 큰 소리로 애국가를 부르기 시작했습니다. 동포들은 도산을 따라 힘차게 애국가를 불렀습니다. 그들의 눈에서 뜨거운 눈물이 흘러내렸습니다. 그들은 몇 번씩이나 애국가를 목이 터져라 합창했습니다.

멕시코에서도 '한인은 신용이 있는 민족이다' 라는 소문이 퍼졌습니다. 농장마다 한인 노동자들을 쓰려고 했습니다. 멕시코의 지방 신문은 다시는 〈부정직한 한인〉이라는 기사를 쓰지 않았습니다. 대신 다음과 같은 기사를 내보냈습니다.

"지도자 안창호가 오고 난 후 한인들은 많은 변화를 가져왔다. 그들은 성실하고 정직한 자세로 일해 한인이 일한 농장은 큰 이익을 올리게 되었다."

도산은 멕시코에서 10개월 동안 한인들을 계몽지도하고 가족에게로 돌아왔습니다.

그 동안 첫딸 수산 다음으로 둘째딸 수라가 태어나 가족은 여섯 식구가 되었습니다. 하지만 동포들의 계몽운동에 밤낮으로 바쁜 도산은 아이들과 놀아줄 시간이 없었습니다.

도산이 집에 돌아가면 아이들은 언제나 이렇게 물었습니다.

"아버지, 언제 또 가세요?"

"내일 가실 거예요? 아니면 모레요?"

도산이 아무 대답도 하지 못하면 귀여운 딸 수산은 이렇게 말했습니다.

"아, 아빠는 오늘 다시 가셔요? 그렇지요?"

"하하하."

도산은 너털웃음을 웃으며 수산의 보드라운 볼에 입을 맞추었습니다. 수산은 고사리 같은 손으로 도산의 어깨를 주물러주었습니다.

여행에서 돌아온 도산은 언제나 정원을 가꾸었습니다. 도산은 마당에 국화와 백합, 장미와 붓꽃을 심었습니다. 부인은 가족들에게 먹일 야채가 필요했기 때문에 어느 날 두 사람 사이에 작은 다툼이 일어났습니다. 도산이 심은 장미꽃 옆에 부인이 옥수수를 심은 것입니다.

"당신이 심은 옥수수 때문에 내 장미꽃이 햇볕을 모자라게 받고 있어요."

부인도 지지 않았습니다.

"아이들이 옥수수를 얼마나 좋아하는지 아세요?"

"당신도 장미꽃을 좋아하잖아요?"

"하지만 장미꽃은 먹을 수가 없어요. 저는 양상치도 심고 파슬리도 심어야 해요."

곁에서 두 사람의 다툼을 지켜보던 큰아들 필립이 자신의 생각을 말했습니다.

"저에게 좋은 생각이 있어요. 자, 들어보세요. 마당 왼편은 아버지가 가지시는 거예요, 그리고 어머니는 마당 오른편을 가지세요."

둘째아들 필선이 거들었습니다.

"맞아요. 아버지는 왼편에 꽃을 심으시고, 어머니는 오른편에 채소를 심으시고. 어때요?"

"필립 오빠, 필선 오빠, 만세!"

수산은 만세를 부르며 좋아했습니다. 도산과 부인은 서로의 얼굴을 쳐다보며 멋쩍은 미소를 지었습니다.

15. 상해 임시정부

1919년 3월 1일, 대한의 많은 사람들이 손에 손에 태극기를 들고 거리로 쏟아져 나왔습니다. 일본 경찰은 그들을 향해 총을 쏘아대고 칼을 휘둘렀습니다. 하지만 분노한 사람들은 일본의 총칼을 두려워하지 않았습니다.

"일본인은 일본으로 돌아가라!"

"잃어버린 나라를 되찾자!"

"대한제국 만세!"

도산은 그로부터 열흘 후에야 3·1 만세 운동 소식을 들을 수 있었습니다. 도산은 국민회 중앙총회 발표문을 통해 재미 동포들의 단결을 부르짖었습니다.

"우리 민족이 슬픔에 싸여 있다가 비로소 큰 일을 일으켰으니 대한독립만세 선언이다. 기쁨과 슬픔으로 피가 끓고 마음을 진정하기 어렵도다. 우리 민족이 끓는 피와 성난 주먹으로 일어나 일본의 손에 수만 생명이 죽은 지 열흘 만에야 그 만세 소리가 우리 귀에 울렸다. 이는 우리 민족의 부활이요, 자손만대의 기초를 세우는 큰 일이다."

1919년 4월 5일, 도산은 북미 지방 총회의 특파원 자격으로 중국 상해를 향해 출발했습니다. 미국으로 건너간 지 7년 7개월 만의 일입니다. 도산의 나이 마흔한 살이 되던 해입니다.

3·1 운동으로 인해 우리 민족은 독립에 대한 뜨거운 마음으로 뭉쳤습니다. 국내외의 애국 지사들은 독립 정부를 세울 결심을 했습니다. 민주적인 해외 망명 정부를 세워 우리 나라가 자주독립 국가임을 세계에 알리려는 것입니다.

이렇게 해서 세운 것이 상해의 임시정부입니다. 상해는 동양과 서양의 중간지점에 위치하고 있는 국제도시입니다. 도산은 호주와 홍콩을 거쳐 5월 25일, 상해에 도착했습니다. 교회를 빌려 열린 환영회에서 도산은 다음과 같이 연설했습니다.

"우리는 상해 임시정부를 영광스러운 정부로 만들어야 합니다. 대한 민족 전체가 힘을 합해야 할 때입니다. 세계의 비웃음을 받지 않도록 굳게 단결해야 합니다. 나는 여러분의 머리가 되려고 이곳에 온 것이 아닙니다. 다만 여러분을 섬기려고 왔습니다."

상해의 청년들은 도산을 찾아와 임시정부의 내무총장 겸 국무총리 대리로 취임하여 줄 것을 원했습니다.

"나는 내무총장으로 취임하길 원하지 않습니다. 누가 총장이 되든 나는 그분을 모시면서 우리 정부의 통일을 위하여 열심히 일하고 싶습니다."

도산은 청년들의 뜻을 거절했지만 청년들은 매일같이 도산을

찾아왔습니다. 1919년 6월 28일, 도산은 임시정부의 내무총장으로 취임했습니다.

임시정부의 요원들은 아침 8시 30분에 강당에 모여 조회를 했습니다. 먼저 태극기에 경례하고 애국가를 불렀습니다. 우렁찬 목소리로 손을 흔들며 몇 번씩이나 애국가를 합창했습니다. 애국가 가사 중 '임군을 섬기며' 라는 구절을 '충성을 다하여' 라고 도산이 고친 것은 이때입니다.

임시정부는 돈이 없어 국무위원들의 월급을 줄 수가 없었습니다. 도산의 중국신은 다 떨어져 발가락이 보였고 이동휘는 찢어진 바지를 꿰매 입고 다녔습니다.

점심때에는 배에서 꼬르륵거리는 소리가 났지만 점심을 사먹을 돈이 없었습니다. 사무실에 앉아 있는 것이 민망해 밖으로 나가 산책하는 것처럼 시장통을 어슬렁거렸습니다. 잠은 임시정부의 사무실에서 자고 밥은 동포들의 집을 떠돌며 얻어먹었으니 거지와 다름없는 생활이었습니다.

하루는 도산의 생일날이라고 해서 한 동지의 집에서 아침상을 차렸습니다. 동지들은 그날 고기반찬이 차려진 밥상을 받고 오랜만에 실컷 배를 채웠습니다. 그후 얼마 안 되었는데 또 다른 집에서 도산의 생일날이라고 해서 아침상을 차렸습니다.

"도산 선생님, 지난번에 생신이 지나지 않으셨습니까?"

한 동지가 고개를 갸우뚱거리며 물었습니다. 도산은 빙그레 웃으며 대답했습니다.

"하하하. 생일이라고 하면 으레 고기반찬이 나오기에 고기 생각이 나면 아무 때라도 생일이라고 하네."

맛있게 밥을 먹던 동지들은 한바탕 유쾌하게 웃었습니다. 엄격하기만 한 도산의 숨겨진 모습이었습니다.

임시정부는 곧 심각한 문제에 부닥치게 되었습니다. 국무총리로 임명된 이승만이 상해로 올 생각은 하지 않고 미국에서 스스로를 대통령이라 칭한 것입니다. 도산은 전보를 보내 이승만에게 대통령으로 행세하지 말 것을 권했습니다. 하지만 이승만은 다음과 같은 답신을 보내왔습니다.

"내가 대통령 명의로 여러 나라에 편지를 보냈고 또한 대통령 명의로 한국 사정을 발표한 까닭에 지금 대통령 명칭을 바꿀 수 없습니다. 만일 우리들끼리 행동을 일치하지 못하고 있다는 소문이 퍼지면 독립 운동에 방해가 될 것입니다. 그 책임은 당신들에게 돌아갈 것이니 시끄럽게 하지 말길 바랍니다."

상해의 요인들은 이승만의 태도에 매우 분노했습니다. 또한 이승만의 위임통치청원*은 두고두고 다툼의 원인이 되었습니다. 이승만은 재미동포들의 독립후원금까지 가로챘습니다.

이동휘의 공산주의 진영도 임시정부를 어렵게 했습니다. 도산은 이승만과 이동휘 사이에서 임시정부의 통일을 위해 노력을

---

* 위임통치청원 : 1919년 2월 16일, 이승만, 민찬호, 정한경 등은 국제연맹에 위임통치청원서를 보내 윌슨 대통령 앞으로 전했다. 미국의 윌슨 대통령은 1918년 세계 평화에 관한 14개조 원칙을 선포했다. 그 중 제5조에 '한 민족의 운명은 그 민족 스스로가 결정해야 한다' 라는 민족자결주의 원칙이 공포되었다. 윌슨의 민족자결주의 원칙은 강대국의 식민지배를 받는 약소민족에게 희망을 주는 것이었다. 이승만 등은 국제연맹에 우리나라를 다스려 줄 것을 부탁하는 편지를 보낸 것이다.

기울였으나 돌아오는 것은 나쁜 말들밖에는 없었습니다.

도산은 임시정부의 다툼에 책임을 지고 노동국 총판이란 아랫자리로 물러앉았습니다.

"대한민족은 대한민족끼리 복종하자. 대한민족이 통일된 후에 자유도 있고 독립도 있다."

"우리는 오직 일본만을 상대로 싸우자."

도산은 목이 아프게 외치며 이승만과 이동휘를 지지해 통일을 이루자고 말했지만 임시정부는 더욱 더 갈라졌습니다.

도산이 노동국 총판으로 물러앉았음에도 도산을 헐뜯는 말들은 더욱 심해졌습니다. 도산은 미국과 멕시코 등지의 동포들로부터 절대적인 후원을 받고 있었고, 상해로 망명 온 청년들도 도산을 따랐기 때문입니다.

상해의 청년들 대부분이 황해도 평안 사람들이었습니다. 도산을 시기하는 사람들은 도산이 지방색을 이용하여 세력을 키운다고 욕했습니다.

도산은 안타까운 심정으로 상해의 동지들을 향해 간절히 부르짖었습니다.

"외국인 기자가 이렇게 말했습니다. 나라가 있어도 이같이 흩어지면 안 될 터인데 하물며 나라도 없으면서 이같이 갈라지니 어떻게 독립을 하겠느냐, 독립운동이란 말도 꺼내지 말라고 할 때 내 등에는 땀이 흘러내렸습니다. 만약 이 안창호가 죽어서 임시정부가 통일된다고 하면 나는 기꺼이 죽을 각오가 되어 있습니다."

1920년 8월 15일, 도산은 미국의 상원의원들을 만나기 위해 북경을 방문했습니다. 미국 의원들은 동양의 형편을 알아보기 위해 중국에 온 것입니다.

도산은 미국 의원에게 질문했습니다.

"남경에서 천진까지 오는 기차길 주변의 움막에서 비참하게 사는 사람들을 보셨습니까? 그 사람들을 보면서 무슨 생각을 하셨는지 말씀해 주시길 바랍니다."

"몹시 마음이 아팠습니다."

"당신들은 그들이 왜 그렇게 불쌍하게 되었는지 아십니까?"

"중국 정부가 정치를 제대로 하지 못한 탓이겠지요."

"아닙니다. 지금 중국은 여러 군대로 나뉘어져 싸우고 있습니다. 이들의 사이를 갈라놓아 중국의 통일을 방해하는 세력이 있습니다."

"그게 누구입니까?"

"중국이 통일되어 큰 힘을 갖는 것을 겁내는 일본입니다."

미국 의원은 손바닥으로 탁자를 내리쳤습니다.

"당신 말이 옳습니다."

"독립국가인 중국도 사정이 이러한데 나라를 잃은 한국의 사정은 어떻겠습니까?"

"당신 말을 들으니 아시아를 구할 길이 무엇인지 알 것 같습니다."

그는 손을 내밀어 도산에게 악수를 청했습니다.

16. 훈훈한 마음, 빙그레 웃는 낯

1920년, 도산은 상해에 홍사단 원동 위원부를 세웠습니다. 홍사단 입단의 자격 심사는 몹시 엄격했습니다. 도산은 긴 시간의 대화를 통해 한 사람 한 사람의 됨됨이를 알아본 후에 입단시켰습니다.

"그대는 홍사단에 입단하기를 원하십니까?"

"원합니다."

"무엇 때문입니까?"

"우리 나라의 독립을 원하고 민족의 영원한 발전을 얻으려면 홍사단의 뜻을 따라야 한다고 믿기 때문입니다."

"어째서요?"

"우리 나라는 힘이 없어서 망했으니 나라를 다시 일으키려면 힘을 길러야 합니다."

"힘이란 무엇입니까?"

"한 사람 한 사람의 건전한 인격과 그 건전한 인격들로 이루어진 굳은 단결입니다."

중간에 10분간 휴식을 한 후 다시 문답이 계속되었습니다.

"정의(情誼) 돈수(敦修)란 무엇입니까?"

"서로 사랑한다는 뜻입니다."

"돈수란 무엇입니까?"

"두텁게 닦는다는 뜻입니다."

"흥사단은 정의 돈수를 사랑하기 공부라고 봅니다. 그런데 사랑도 공부해야 한다고 생각합니까?"

"사랑하기를 날마다 노력해 습관으로 만들어야 합니다."

"내 민족 이천만을 사랑하는 방법이 있습니까?"

"가장 가까이 만나는 사람부터 사랑하는 것입니다."

"너무 좁은 생각이 아닙니까?"

"먼저 내 손이 닿는 사람, 내 목소리가 들리는 사람을 사랑하는 것부터가 시작입니다. 나를 찾아오는 사람, 내가 찾아가는 사람, 나와 만나게 되는 사람을 사랑하는 것이 이웃을 사랑하는 것이고 민족을 사랑하는 것이니, 이는 결국 전 인류를 사랑하는 것입니다."

도산은 우리 민족이 단결하는 길은 오직 사랑이라고 말했습니다.

"이천만 우리 동포는 서로 사랑하는 민족이 됩시다. 죽더라도 동포끼리는 무저항주의를 지킵시다. 때리면 맞고 욕하면 욕을 먹읍시다. 동포에게만은 악을 악으로 대하지 말고 오직 사랑으로 대합시다."

도산은 사랑 공부를 통해 서로 사랑하고 참된 인격을 쌓아야 한다고 말했습니다.

"우리에게는 사랑이 부족합니다. 부자간의 사랑, 부부간의 사랑, 동지간의 사랑, 자기가 맡은 일에 대한 사랑, 자기가 속한 단체에 대한 사랑, 모르는 사람에 대한 사랑, 우리에게는 사랑이 부족하기 때문에 미움이 있고 싸움이 있습니다. 우리가 단결을 하지 못하는 원인의 하나도 여기 있습니다."

상해의 부인들은 언제든지 도산을 찾아와 아이들의 교육문제를 의논했습니다.

"아이들은 무엇보다 사랑으로 자라납니다. 아이들 앞에서는 절대 싸우지 말고 서로 사랑하고 존중하는 모습을 보여주어야 합니다. 그리고 아이들과 한 약속은 꼭 지켜야 합니다."

하루는 일곱 살짜리 사내아이가 흥사단의 정원에서 빽빽 울고 있었습니다. 외출하고 돌아오던 도산을 본 아이는 울음을 뚝 그치고 말했습니다.

"도산 선생님, 저는 울지 않았어요."

아이들은 어른들이 하는 것처럼 모두 도산을 선생님이라고 불렀습니다. 도산은 빙그레 미소를 지으며 손수건으로 아이의 얼굴을 닦아주었습니다.

"자아, 우리가 약속한 것이 있지? 약속을 잘 지키나 한번 볼까?"

아이는 두 말 없이 정원 뒤의 화장실로 걸어갔습니다. 친구와 싸우는 아이는 화장실에서 30분간 벌을 서기로 도산과 약속했기 때문입니다. 그 아이를 때리고 도망갔던 큰아이도 도산에게 와

잘못을 빌고 화장실 뒤로 걸어갔습니다.

도산은 어린아이들과 한 작은 약속이라도 소중하게 생각했기 때문에 아이들은 도산을 믿고 따랐습니다. 도산은 어린아이들을 만날 때마다 품에 안아주며 대화를 나누었습니다.

"요즘은 무슨 운동을 하느냐?"

도산은 아이들에게 하루에 한 가지씩 운동을 해야 한다고 가르쳤습니다. 철없는 한 아이가 자랑스럽게 대답했습니다.

"네! 저는 날마다 독립운동을 하고 있어요."

"하하하. 독립운동이라고? 좋아, 독립운동은 어떻게 하는 것인지 들어볼까?"

아이는 천진난만한 표정으로 다시 대답했습니다.

"네! 발가락이 나오는 신발을 신고, 떨어진 바지를 입고, 점심밥을 굶는 거예요."

그 자리에 있던 사람들은 모두 배꼽을 쥐고 웃었습니다.

"후하하하."

"호호호호."

도산은 두 손으로 아이를 껴안아 높이 들어올렸습니다.

"하하하. 누가 그런 말을 했을까?"

"헤헤헤, 우리 어머니가 그러셨어요."

그 자리에 있던 사람들은 오랜만에 가슴을 열어놓고 속시원하게 웃었습니다. 이렇게 따스한 웃음이 있는 사회가 도산이 생각하는 이상적인 사회였습니다. 도산은 언제나 서로에게 관심을 기울이고 사랑함으로써 가정과 사회에 따스한 공기를 불어넣

자고 말했습니다.

"사회에 정이 있으면 따스한 기운이 감돌게 되고 흥미와 활기가 넘친다. 정이 있는 사회는 태양과 비와 이슬을 맞는 아름다운 꽃밭과 같다. 그 꽃밭의 꽃은 활짝 피어난다. 그와 반대로 정이 없는 사회는 가시밭과 같아서 괴로움뿐이니 그런 곳에서는 아이들이 제대로 성장할 수 없다."

도산이 그리는 새 민족의 모습은 '훈훈한 마음, 빙그레 웃는 낯'이었습니다. 100년이 걸리거나 1000년이 걸리더라도 이 모습을 완성하자는 것이 도산의 민족 운동의 이상이었습니다.

17. 청년은 조국의 미래

임시정부에서 물러나온 도산은 프랑스 조계(중국의 개항 도시에 있던 외국인 거주지로 행정권, 경찰권이 행사되었다. 따라서 프랑스 조계 안에는 일본의 힘이 미치지 않아 우리 나라의 독립지사들이 살았다.) 안의 서강리에 셋방을 얻어 지냈습니다. 도산은 젊어서부터 위장병으로 매우 고생했습니다. 두통과 치통도 그를 괴롭히는 병이었습니다. 이 모두가 평생 가족과 떨어져 지낸 탓에 얻은 병이지요.

도산의 하루 일과는 새벽에 일어나 냉수욕을 하는 것으로 시작되었습니다. 그리고 나서는 흥사단 단소에서 동지들과 함께 정좌법을 합니다. 정좌법은 눈을 감고 앉아 심호흡을 하면서 명상(고요히 눈을 감고 깊이 생각에 잠기는 것으로 명상을 통해 심신의 안정을 얻기 위해 많은 사람들이 하는 심호흡법이다.)에 잠기는 것입니다. 도산은 명상 상태에서 갑자기 몸을 떨기도 하고 전신이 방석 위로 뛰어오르기도 했습니다.

이 무렵 유상규와 김복형이 곁에서 지냈습니다. 도산은 두 젊은이에게 당부했습니다.

"내가 상해로 온 후 두 사람이 나를 돕고 있다. 두 사람은 오직 나라를 위해 나를 돕는 것이다. 나는 물질로써 갚지 못하니 다만 정신으로써 본보기가 되려 하지만 너무 가까이 지내는 까닭에 두 사람이 나의 부족한 점을 본받을까 염려된다. 나를 가끔 만나는 사람은 나를 본보기로 삼으나 자주 만나는 두 사람은 나의 단점을 따르지 않도록 명심하길 바란다."

도산의 거처는 흥사단 단소를 겸했기 때문에 늘 많은 청년들이 모여들었습니다.

"오늘 우리에게 가장 큰 희망은 청년이다."

도산은 청년들을 매우 사랑했습니다. 청년들에게 입버릇처럼 외쳤습니다.

"낙망은 청년의 죽음이고 청년이 죽으면 민족이 죽는다."

이즈음 도산을 존경하는 사람이 얼마의 돈을 도산에게 주려고 했습니다. 그는 수단이 뛰어나 큰돈을 주무르는 사람이었습니다. 도산은 그가 옳지 않은 방법으로 돈을 벌었다는 것을 알고 깨끗이 거절했습니다.

"나라 일은 신성한 일이다. 나라 일을 하는 데 깨끗하지 못한 재물이나 수단을 쓰면 반드시 좋지 않은 결과를 가져온다."

도산은 단 한 번도 신념에 어긋나는 일을 하지 않았습니다.

"민족 운동을 하는 자는 도덕적인 시비에 휘말려서는 안 된다. 동포가 백만의 대금을 맡길 수 있어야 하고 다 큰 처녀를 안심하고 맡길 수 있어야 한다. 동포의 본보기가 되지 못하고 믿음을 얻지 못한 사람이 무슨 민족운동을 하겠는가? 새로운 나라를

세울 때에 털끝만큼이라도 나쁜 동기나 수단이나 재물이 섞여서
는 안 된다."

청년 이용설은 3·1 운동에 참가한 후 일본 경찰을 피해 북경
으로 왔습니다. 그는 의사 공부를 계속하기 위해 중국 병원의 의
사로 취직했습니다. 이용설은 상해의 독립지사들에게 큰 실망
감을 느꼈습니다. 방황하던 이용설은 도산을 찾아왔습니다.

"선생님, 국내의 동지들을 생각하면 살아 있는 것이 부끄럽습
니다."

도산은 이용설의 손을 잡으며 타일렀습니다.

"이군, 우리 동포 이천만이 다 울분에 못 이겨 죽는다면 독립
은 누가 이루겠는가?"

"동지들이 날마다 일본 경찰에 잡혀가 처참히 죽어갑니다. 그
런데 이곳에 편안히 앉아서 제가 무엇을 할 수 있을까요?"

도산이 주장하는 것은 평화 전쟁이었습니다. 이것은 인도의
독립 투쟁을 이끈 마하트마 간디의 불복종, 비협력, 비폭력의 무
저항주의와 통하는 것입니다.

도산이 말하는 평화 전쟁은 다음과 같은 것입니다.

적의 관리가 된 자들은 자리에서 물러날 것

적에게 세금을 내지 말 것

일본 국기를 사용하지 말고 태극기를 사용할 것

일본 문화를 멀리할 것

일본 관리에게서 재판을 받거나 그들과 상대하지 말 것

도산의 목표는 독립에만 있지 않고 우리 민족을 세계에서 가장 존경받는 민족으로 키우는 것입니다. 하지만 피끓는 청년들에게 도산의 주장은 받아들이기 힘든 것이었습니다.

"이군, 서북 간도의 장사라 한들 혼자 힘으로 일본을 당할 수 있겠나? 우리가 일본과 싸우려거든 먼저 힘을 키운 후 단결해야 하네. 외국의 힘에 기대지 말고 우리끼리 먼저 힘을 뭉쳐야 하지 않겠나?"

"선생님, 어느 세월에 힘을 키웁니까?"

도산은 이용설에게 차근차근 설명했습니다.

"집을 지으려면 설계도와 기술자가 있어야 하지만 더 중요한 것은 나무라네. 나무 없이는 좋은 설계도도 뛰어난 일꾼도 소용없는 법이지. 그런데 나무가 없다면 어찌하겠는가? 지금 쓸 만한 나무가 없다면 나무를 심는 일부터 해야 하지 않겠는가?"

"언제 나무를 심고 있습니까? 언제 나무를 키우겠습니까?"

"그렇다고 한숨만 쉬고 있을 텐가? 지금 아무것도 하지 않는다면 100년 뒤에도 쓸 만한 나무를 구할 수 없을 것이네. 1000년 뒤에도 마찬가지네. 나무가 없이 어떻게 집을 짓는단 말인가?"

"사람들은 모두 우리 중에 인물이 없다고 한탄합니다."

"인물이 되려고 힘쓰는 이가 없기 때문이지. 인물이 없다고 한탄하기보다 제 스스로 인물 될 공부를 해야 하지 않겠나? 먼저 이군부터 인물 되는 공부를 하게."

이용설은 답답하던 가슴이 조금씩 트이는 것 같았습니다.

"무엇보다 중요한 것은 동지를 믿는 것이오. 우리 가운데 인물이 없다고 한탄하는 것부터가 동지를 믿지 못하는 것이 아니고 무엇인가? 가장 먼저 해야 할 일은 동지를 믿고 사랑하는 것이라네."

이용설은 캄캄한 밤길에서 구원자를 만난 심정이었습니다.

"선생님, 저도 선생님 곁에 머물고 싶습니다."

"이군은 의학을 전공했으니 훌륭한 의사가 되는 것이 애국하는 길이오."

도산의 한 마디 한 마디는 갈팡질팡하던 이용설의 가슴에 한 줄기 밝은 빛을 주었습니다.

도산은 누구든 찾아오면 만남을 허락했습니다. 상대편의 말이 어리석다고 해도 끝까지 들었고 말하는 중간에 끊지 않았습니다. 상대방이 먼저 가르침을 구하기 전에는 훈계하지 않았고 비판하거나 핀잔을 주는 말도 하지 않았습니다. 나이가 어린 사람이라도 하고 싶은 말을 다 할 기회를 주었고 상대의 말을 다 들은 뒤에야 자신의 의견을 말했습니다.

그 당시 상해의 청년들은 어려운 일이 생기면 가장 먼저 도산을 찾았습니다. 황일청이라는 청년이 중병에 걸렸으나 돈이 없어 병원에 가지 못하고 약조차 사먹지 못했습니다. 친구인 나우가 울상을 짓고 도산을 찾아왔습니다.

"선생님, 일청이가 열이 펄펄 올라 몹시 앓고 있습니다."

"허! 큰일이구나. 나도 지금 가진 돈이 하나도 없는데…."

도산은 근심스런 얼굴로 방안을 둘러보았습니다. 도산의 눈에 벽에 걸린 괘종시계가 들어왔습니다. 도산은 괘종시계를 떼어 나우에게 주었습니다.

"우선 이거라도 전당포에 맡기고 돈을 빌리도록 하게나. 나머지 돈은 내가 어떻게 구해 보겠네."

나우는 그 길로 돈을 구해 황일청을 병원에 입원시켰습니다.

『한국통사』를 쓴 박은식은 책을 쓰는 일에만 몰두하는 학자였습니다. 박은식은 도산보다 19살이나 많았지만 형제나 친구처럼 친하게 지내는 사이였습니다. 도산은 가끔 박은식을 찾아가 몰래 생활비를 놓고 왔습니다. 박은식이 전혀 물질에 신경을 쓰지 않기 때문에 하루는 박은식의 저고리 고름에 돈을 꽁꽁 싸 놓았습니다.

"박선생님, 쌀이 떨어지면 저고리 고름을 풀어 쌀을 사도록 하세요."

얼마 후 도산을 찾아온 사람이 박은식이 끼니를 굶고 있더라고 전했습니다. 도산은 걱정이 되어 부리나케 박은식을 찾아갔습니다. 박은식의 저고리 옷고름에는 도산이 묶어준 돈이 그대로 있었습니다.

"박선생님, 책을 쓰는 일도 좋지만 건강도 생각하셔야지요."

"이것 참, 내가 정신이 없어서……."

박은식은 머리를 긁적이며 겸연쩍은 미소를 지었습니다. 도산은 그 길로 돈을 가지고 나가 쌀을 사다 놓았습니다.

수필가 피천득은 오로지 도산을 만나고 싶은 마음에 상해로 유학을 갔습니다. 피천득은 중국 상점에서 지팡이를 하나 사들고 도산에게 선물받은 것이라고 자랑하고 다녔습니다. 의기양

양한 표정으로 지팡이를 들고 가던 피천득은 어느 날 길에서 도산과 마주치고 말았습니다. 피천득은 양심에 괴로움을 느껴 사실을 털어놓았습니다. 도산은 너털웃음을 웃으며 피천득의 등을 두드려주었습니다.

몸이 약한 피천득이 병들어 누웠을 때, 도산이 찾아가 병원에 입원시켜 주었습니다. 피천득은 도산을 대할 때면 꼭 친할아버지나 보호자를 대하는 것 같았다고 말했습니다.

오랜 시간이 지나 피천득은 자신의 수필집에서 이렇게 적고 있습니다.

〈저는 그분을 무슨 정치인이라기보다 다만 인간으로서 높은 존재라고 생각합니다. 그분은 지도자들이 가지기 쉬운 어떤 이상한 태도가 전혀 없는 순수한 인간이었습니다. 일생을 통하여 거짓말이나 권모술수가 전혀 없던 분입니다. 그런 것들이 정치에 꼭 필요하다면 그분은 전혀 정치를 할 자격이 없는 분입니다. ……제가 한 번은 사람이 살아가는 데 거짓말을 안 할 수 있습니까, 해야 할 때가 있지 않습니까? 이렇게 물었습니다. 그때 선생님은 거짓말이 허락되는 경우가 하나 있다면 사실을 말하는 것이 자기 동지를 해치는 일이 될 때 허락될지 모르겠으나 그런 경우에는 말을 하지 않으면 될 것 아니냐고 말씀하셨습니다. 그분은 인간이 가질 수 있는 최고의 것을 가지고 있었다고 생각합니다.〉

18. 참배나무에는 참배가 열리고

　1920년의 벼농사 실패로 캘리포니아의 한인들은 많은 피해를 입었습니다. 이 일로 도산이 세운 북미실업주식회사도 큰 타격을 받았습니다. 이상촌 건설, 흥사단 발전 계획을 세운 도산에게 미국 동포들의 농사 실패는 실망감을 안겨주었습니다.

　도산은 붓을 들어 미국의 흥사단 동지들에게 긴 편지를 썼습니다.

　〈동지들에게 고하는 글
　이제 오랜만에 여러분을 향하여 붓을 드니 쓰고 싶은 말도 많고 또 써야 될 말도 많으나 내가 진심으로 부탁하는 것은 이 것입니다. 여러분은 '힘을 기르소서, 힘을 기르소서.' 이 말씀을 드리고 싶습니다. 내가 일찍이 여러 번 말하기를 참배나무에는 참배가 열리고 돌배나무에는 돌배가 열리는 것처럼 독립할 자격이 있는 민족에게는 독립국의 열매가 있고, 노예가 될 만한 자격밖에 없는 민족에게는 망국의 열매가 있다고 하

였습니다.〉(1921년 7월)

1924년 3월 3일, 도산은 남경 한서문 쌍석고에 집을 얻어 동명학원을 세웠습니다. 이것은 점진학교, 대성학교에 이어 도산이 세운 세번째 학교입니다.

동명학원의 목적은 미국유학을 가려는 청년들에게 어학을 가르치는 것입니다. 또한 나라를 잃고 중국으로 건너온 청년들이 모이는 곳이기도 했습니다.

이 무렵 남경의 한 여학교 졸업반의 최영숙이라는 여학생이 도산을 몹시 사모했습니다. 어느 날 최영숙은 도산의 방에 몰래 숨어들었습니다. 외출하고 돌아온 도산은 어두컴컴한 방안에 앉아 있는 여자를 보고 깜짝 놀라 불을 밝혔습니다.

"최양이 여기에는 웬일인가?"

"선생님, 저는 평생을 선생님을 따르며 곁에서 살고 싶어요."

도산은 표정을 바꾸어 단호하게 말했습니다.

"나는 일생을 두고 양심에 꺼리는 일을 한 적이 없다. 잘 했든 못 했든 사십 년을 오직 민족과 나라를 위해 살아왔다. 그대는 일시적인 생각으로 나의 사십 년 역사를 그르치지 말라."

최영숙의 눈에서 눈물이 뚝뚝 떨어져 내렸습니다.

"최양, 나는 그대를 딸처럼 아끼었다. 지금 일시적인 착각으로 일생을 그르치지 말고 열정을 조국에 바치거라."

최영숙은 울음을 삼키며 방을 나갔습니다. 그후 최영숙은 영국으로 유학을 떠났습니다.

도산은 평생 아내와 떨어져 지냈지만 이성 문제에서 매우 깨끗했습니다. 그 때문에 상해의 많은 여성들은 도산을 스승처럼 아버지처럼 따랐습니다.

1924년 12월, 46세의 도산은 만 5년 만에 미국으로 가서 가족을 다시 만났습니다. 그 동안 부인은 네 아이를 데리고 힘든 생활을 꾸려야 했습니다. 남의 집 요리사, 청소부 등의 궂은 일도 마다하지 않았습니다.

큰아들 필립은 학교에 다니면서 야채가게 배달부, 신문배달부 등의 일을 해 어머니를 도왔습니다. 도산은 모두 3남 2녀를 두었는데 필립은 영화배우가 되고 싶어했습니다. 그 당시에는 배우를 딴따라라고 부르며 우습게 여겼습니다. 동지들은 도산의 아들이 영화배우가 되는 것은 있을 수 없는 일이라고 크게 반대했습니다.

도산은 필립을 앉혀놓고 물었습니다.

"필립, 영화배우가 되고 싶으냐?"

"네, 아버지, 제 꿈은 배우가 되는 것입니다."

"그래, 아버지는 네가 배우가 되는 것을 반대하지 않아. 네가 그 방면에 소질이 있다는 것을 잘 알고 있다."

필립은 아버지의 말에 가슴이 뛰었습니다. 아버지도 배우가 되는 것을 반대하지 않을까 무척 걱정했기 때문입니다.

"필립, 배우가 되더라도 가장 중요한 것은 진실한 인격을 갖추는 것이다. 아버지가 늘 하는 말이지만 참배나무에는 참배가 열리고 돌배나무에는 돌배가 열린다. 네가 노력을 기울인 만큼 훌륭한 영화배우로 성공할 수 있을 것이다.”

　도산은 매우 엄격했지만 한 사람 한 사람의 개성을 존중했습니다. 그것은 아들에게도 마찬가지였습니다. 독립 운동 때문에 가족을 떠나 있는 동안 도산은 늘 아들에게 편지를 보내곤 했습니다.

　〈내 아들 필립아, 이왕에도 말하였거니와 너는 나이 점점 많고 키가 자라고 몸이 굵어지니 전날 나이 어리고 몸이 적을 때보다 스스로 좋은 사람이 되기를 힘쓸 줄 아노라. 내 눈으로 네가 스스로 좋은 사람 되려고 힘쓰는 모양을 매우 보고 싶다.

너의 근본 성품이 속이지 않고 거짓말 아니하고 진실하니 이런 때문에 다른 사람보다 좋은 사람 되기가 쉬우리라고 생각한다. 좋은 사람 됨에는 진실하고 깨끗한 것이 첫째임이리니 너는 스스로 부지런한 것과 어려운 것을 잘 견디는 것을 연습하여라. 네가 책을 부지런히 보느냐. 쉬지 말고 보아라. 그러나 아무 책이나 마구 보지 말고 특별히 좋은 책을 택하여 보아라.〉(1920년 8월 3일)

도산은 좋은 사람이 되는 방법은 '좋은 친구를 잘 가려 사귀는 것과 좋은 책을 잘 가려 읽는 것'이라고 말했습니다.

'좋은 책을 선택하는 기준은 좋은 사람들의 발자취와 인격 수양에 관한 책'과 '지식을 늘리는 데 도움이 되는 책'이라고 이르고 있습니다.

도산은 미국에서 약 1년 동안 지내며 동아일보에 〈동포에게 고하는 글〉을 연재했습니다. 그리고 한인들의 벼 농장을 돌아보며 이상촌 건설을 위한 자료를 수집했습니다.

도산의 이상촌 건립의 목적은 다음과 같습니다.

1. 해외 독립 운동의 근거지
2. 해외 동포들의 집단 부락
3. 이상적인 농촌 생활의 표본
4. 해외 동포로 하여금 모국의 문화를 보존하게 함

도산은 미국으로 간 지 1년 만에 다시 가족과 헤어져야 했습니다.

"내가 지금까지 아내에게 치마 한 벌, 저고리 한 감 사 준 일이 없고, 아이들에게도 공책 한 권, 연필 한 자루를 사주지 못했습니다. 마음이 없었던 것은 아닌데 여러 가지 사정으로 그렇게 되었습니다."

이것은 도산이 상해로 떠나올 때 송별회 자리에서 한 말입니다. 공개적인 자리에서 도산이 가족에 대해 말한 것은 처음이었습니다. 가족들에 대한 미안함을 도산은 그렇게라도 표현한 것입니다. 그것이 가족과의 마지막 대면이 될 줄은 그 자리의 누구도 생각지 못했습니다.

도산은 상해로 돌아와 동지들에게 강연을 했습니다.

"우리들이 이루려는 것은 민족의 혁명이고 독립입니다. 우리는 어떤 단체나 어떤 주의를 위하여 투쟁하지 말고 오직 이천만 동포가 한마음으로 단결하여 일본과 싸워야 합니다."

도산은 이상촌을 세울 땅을 찾아 다시 만주를 여행했습니다. 여행 도중인 1927년 2월 14일, 길림의 대동공사 창고에서 도산의 강연회가 열렸습니다. 500여 명의 군중이 모여들었는데 갑자기 총을 든 중국경찰들이 강연장을 포위했습니다. 경찰 20여 명이 연단으로 뛰어올라 도산을 밧줄로 묶으려고 했습니다.

독립군 유장청이 도산의 앞을 가로막고 고함을 질렀습니다.

"이놈들! 도산 선생님의 몸에 손끝 하나라도 대면 절대 용서하지 않겠다!"

유장청은 표독스럽게 눈을 뜨고 경찰을 노려보았습니다. 그녀의 입매가 분노로 파르르 떨렸습니다. 중국경찰은 유장청의 기세에 놀라 뒤로 주춤 물러났습니다.

"사태를 분명히 알기 전에는 함부로 행동을 해서는 안 된다."

도산은 유장청을 타일렀습니다. 강연회에 참석한 우리측 인사들은 모두 중국경찰에게 잡혀갔습니다. 중국경찰은 길림에 있는 17세 이상의 한인들을 모두 잡아들였습니다.

이 일은 일본이 꾸민 일이라는 것이 뒤늦게 밝혀졌습니다. 일본은 길림 회의를 공산당 모임이라고 거짓으로 밀고한 것입니다. 독립군들을 한꺼번에 잡아들이려는 일본의 흉계였습니다.

사흘 후, 중국경찰은 도산을 포함한 42명을 빼고 나머지 사람들을 풀어주었습니다. 중국 사람들은 외국의 혁명가를 가두고 일본에 넘기는 것은 수치라고 거세게 항의했습니다.

20여 일이 지난 후에 도산과 동지들은 감옥에서 풀려 나왔습니다. 이 사건을 길림사건이라고 부릅니다.

1932년 4월 29일, 상해 홍구 공원에서 일본 황제의 생일 축하식이 열렸습니다. 윤봉길 의사가 도시락에 감춘 폭탄을 꺼내 단상으로 던져 일본군 총사령관을 비롯해 10여 명의 일본군이 죽거나 다쳤습니다.

도산은 신문 호외로 윤봉길 의거가 일어난 것을 알았지만 이유필의 아들과 약속이 있어 집을 나섰습니다.

"선생님, 일본 경찰이 거리에 쫙 깔렸습니다. 오늘은 나가시지 않는 게 좋을 듯합니다."

"나는 이번 일에 직접 나서지 않았으니 무슨 일이야 있겠나? 오늘 만영이에게 소년단 기부금 2원을 주기로 약속했으니 가봐야 해."

도산은 5월 첫째주에 있을 어린이날 행사에 2원의 기부금을 내기로 이만영과 약속을 했습니다. 김구는 도산에게 몸을 피하라는 편지를 보냈지만 안타깝게도 그 편지는 도산이 집을 나선 후에야 도착했습니다.

도산은 오후 4시경 이유필의 집에 도착했습니다. 이유필을 잡기 위해 숨어 있던 프랑스 경찰이 도산을 체포하려고 했습니다.

"나는 이유필이 아닙니다. 이 집에 손님으로 왔습니다."

마침 학교에서 돌아온 이만영은 수상한 낌새를 눈치챘습니다. 소년의 눈에 프랑스 경찰 곁에 서 있는 중국옷의 남자가 들어왔습니다. 소름이 끼칠 만큼 무서운 인상의 그는 변장한 일본 형사였습니다.

소년은 도산이 위험에 처했다는 것을 알아챘습니다. 이미 학교에서 윤봉길 의거에 대해 들었으니까요.

"저분은 우리 아버지의 친구이십니다."

"네 아버지가 아니란 말이냐?"

이만영은 가족 사진을 보여주며 도산이 아버지의 친구임을 설명했습니다. 일본 형사가 물었습니다.

"저 사람이 너의 집에 무엇 하러 왔느냐?"

소년은 얼른 거짓말을 둘러댔습니다.

"오늘이 제 생일이어서 축하해 주시려고 오셨습니다."

일본 형사는 프랑스 경찰에게 화를 냈습니다.

"꼬마 녀석의 말을 믿을 수는 없어요."

상황이 나쁘게 돌아간다는 것을 눈치챈 도산은 소년에게 프랑스어로 통역을 시켰습니다.

"나는 망명객이며 미국 시민권자입니다."

도산은 위험에서 벗어나기 위해 자신을 미국 시민이라고 둘러댄 것입니다.

일본 형사는 도산을 노려보며 소리를 질렀습니다.

"내가 그것을 어떻게 믿겠소? 여권을 직접 봐야 하겠소."

하는 수 없이 도산은 그들을 데리고 집으로 돌아와 여권을 보여주었습니다.

'앗! 이 자는 임시정부의 중요 인물인 안창호가 아닌가? 좋아, 이놈을 체포하자.'

일본 형사는 여권이 가짜라고 억지를 부려 도산을 체포했습니다. 원래 프랑스 조계에서는 일본 형사가 힘을 쓸 수 없습니다. 하지만 윤봉길 의거 때문에 프랑스 경찰도 도산을 넘겨줄 수밖에 없었습니다.

도산은 프랑스 공무국으로 연행되지 않고 일본 공무국으로 연행되었습니다. 심문 결과 도산은 윤봉길 의거에 직접 관련되지 않았다는 것이 밝혀졌으나 그를 풀어주지 않았습니다.

19. 잠을 자도 독립을 위해,
밥을 먹어도 독립을 위해

1932년 6월 7일, 도산은 일본 경찰에 의해 배편으로 인천항으로 들어왔습니다. 도산의 나이 54세 때의 일입니다. 소문을 들은 친척들과 동지들이 인천 부두에 마중 나와 있었습니다.

"선생님!"

"작은아버지!"

도산은 슬픈 눈빛으로 오랜만에 재회하는 동지들과 친척들을 바라보았습니다. 그들은 먼발치에서 눈빛으로만 서로의 마음을 전할 뿐이었습니다.

도산은 경기도 경찰부에 갇혀 조사를 받았습니다. 도산은 독립운동을 계속하겠느냐는 일본 검사의 질문에 다음과 같이 대답했습니다.

"나는 밥을 먹어도 대한의 독립을 위해, 잠을 자도 대한의 독립을 위해 해왔다. 이것은 내 목숨이 다할 때까지 변함이 없을 것이다."

제자인 김선행은 도산을 면회하고 간절히 부탁했습니다.

"선생님, 일본이 만주에 군대를 보내는 것을 반대하느냐고 판사가 물어보면 반대하지 않는다, 라고 대답하세요. 그렇게 해야 형을 적게 받으실 수 있습니다."

"일본이 만주에 군대를 파병하는 것은 분명한 침략이다. 일본은 지금 침략을 합리화시키고 있어. 형을 적게 받자고 내 입으로 거짓을 말하겠는가?"

도산은 그 후로는 입을 다물고 아무 말도 하지 않았습니다.

한 달 정도 조사를 받은 후 도산은 치안유지법 위반이란 죄목으로 서대문 형무소의 독방에 갇히게 되었습니다.

감옥에 갇힌 사람들은 시멘트벽을 탁탁 두드려서 서로의 의사를 전달했습니다. 김정련은 도산이 자신의 옆방으로 온 것을 알고 가슴이 뭉클해졌습니다.

'아! 도산 선생님이 내 옆에 계시다. 바로 벽 저쪽에 선생님이 계신 것이다.'

김정련은 감방벽에 대변통을 붙여놓고 올라섰습니다. 벽 위쪽의 유리창을 주먹으로 톡톡 두드려 도산에게 신호를 보냈습니다. 기척을 느낀 도산은 벽에 바짝 귀를 갖다댔습니다.

"탁탁, 타타타, 탁탁."

그것은 '선생님, 건강은 어떠십니까?' 라는 뜻이었습니다. 그때 저쪽에서 간수가 다가오는 것이 유리창 너머로 보였습니다. 김정련은 심장이 딱 멈추는 것 같았습니다. 순간 다리가 후들거리면서 밟고 있던 대변통을 쓰러뜨리고 말았습니다. 바닥에 나동그라진 김정련은 온몸에 똥물을 뒤집어썼습니다. 하지만 얼굴에 묻은 똥물에 신경 쓸 틈이 없었습니다. 김정련은 도산에 대한 걱정 때문에 눈앞이 캄캄해졌습니다.

'나 때문에 도산 선생님까지 끌려가 고문 받게 되면 큰일이다. 절대 안 된다.'

김정련은 감방 앞에 다가온 간수에게 손으로 똥을 퍼서 확 뿌렸습니다. 도산을 구하기 위해 일부러 미친 척하고 이상한 행동을 한 것입니다.

"앗, 이, 이게 뭐야? 이 새끼가 죽고 싶어서 환장을 했구나?"

간수는 오만상을 찌푸리며 고래고래 소리를 질렀습니다. 다른 간수들이 달려와 감방문을 열고 김정련을 밖으로 끌어냈습니다. 간수들 네 명이 달려들어 김정련을 몽둥이로 개 패듯 패기 시작했습니다.

"이 새끼가 미쳤다, 죽도록 맞아야 정신을 차릴 것이다."

참혹한 광경을 바라보는 도산의 온몸이 부르르 떨렸습니다. 보다 못한 도산이 버럭 소리를 질렀습니다.

"그만들 하시오! 그러다가 사람 죽이겠소!"

간수들은 몽둥이질을 멈추더니 김정련을 질질 끌고 가버렸습니다.

'이 모두가 나라 잃은 설움이다. 김군! 무쇠처럼 고통을 이겨 내거라. 그것이 네가 조국을 위하는 길이다.'

도산의 눈에서는 피눈물이 흘러내렸습니다. 간수들은 김정련의 손을 뒤로 묶어 수갑을 채우고 발에는 족쇄를 채워 감방에 가두었습니다. 식사는 하루에 한 끼밖에 주지 않았습니다.

도산은 한국인 간수가 올 때마다 간곡히 부탁했습니다.

"정련이가 잠시 제 정신이 아니었나 봅니다. 그러다가 멀쩡한 사람 죽이겠어요."

3주일이 지난 후에야 김정련은 제정신이 돌아온 것으로 보고되어 풀려났습니다.

도산은 서대문 감옥에서 대전 형무소로 옮겨졌습니다. 긴 독방 생활은 도산의 위장병을 더욱 심하게 했습니다. 도산의 몸은 쇠약해질 대로 쇠약해졌습니다. 그럼에도 도산은 일본인 교도관에게 요청했습니다.

"나의 고향은 옻칠의 생산지인 만큼 나를 칠 공장에 보내 주면 옻칠하는 기술을 배워 보겠습니다."

건전한 인격을 키우기 위해서는 한 가지 전문기술을 익혀야 한다는 신념을 도산은 감옥에서도 실천하려고 노력했습니다.

1935년 2월 10일, 도산은 2년 반의 감옥 생활을 하고 가출옥으로 풀려났습니다. 서울로 올라온 도산은 가회동 박흥식의 집으로 갔습니다. 저녁을 먹은 후 동지들과 얘기를 나누던 중 갑자기 도산은 눈을 감고 탄식했습니다.

"우리 민족은 이렇게 불쌍한 지경에 있는데 지도자라는 사람들은 당파 싸움만 하는구나."

감옥에서 나온 도산의 귀에 들리는 것은 여전히 파가 갈려 싸움질하는 얘기뿐이었습니다. 도산의 마음은 절망과 슬픔으로 가득 찼습니다.

"도대체 언제까지, 언제까지 싸우고만 있을 것인가?"

도산의 탄식에 곁에 있던 동지들도 눈시울을 붉혔습니다.

다음날 도산은 중앙호텔로 옮겼습니다. 호텔이라고 하지만 여관 정도의 작은 방이었습니다. 전남 광주에서 이름을 밝히지 않은 사람이 도산의 생활비를 보내왔습니다.

"내가 국가와 사회에 이바지한 일이 없는데 이 돈을 받을 수 없다. 또 이런 돈을 받아 쓰기 시작하면 버릇이 되어 한 번이 두 번이 되고 열 번이 된다."

도산은 돈의 주인을 찾아 돌려주었습니다.

날마다 200명 정도의 방문객이 중앙호텔로 도산을 만나러 왔습니다. 도산이 많은 사람을 만나자 일본 경찰이 찾아와 윽박질렀습니다.

"가출옥으로 나왔으면 조용히 지내야 할 것 아니오? 많은 사람들을 만나 무슨 일을 꾸미려는 것이오?"

일본 경찰은 강연회를 여는 것도 금지했습니다. 식사 때도 20명 이상 한자리에 모이지 못하도록 했습니다. 하는 수 없이 사람들은 도산을 대접할 때 20명 이내로 하여 여러 차례에 걸쳐 모였습니다.

도산은 건강도 회복하고 감시의 눈길에서도 벗어나고 싶어 고향을 찾기로 했습니다. 도산의 얼굴이라도 보려는 사람들이 역마다 북적거렸습니다. 기차가 역에 멎을 때마다 도산은 기차에서 내려 일일이 사람들에게 인사했습니다.

한 노인이 도산의 곁으로 다가와 두 손을 잡았습니다.

"이 늙은이가 쾌재정에서 선생님의 연설을 듣던 때가 바로 엊그제 같습니다. 이제 도산 선생님을 다시 뵈니 죽어도 여한이 없습니다."

도산은 노인의 귀에 대고 속삭였습니다.

"일본은 반드시 망할 것입니다. 오래 오래 사서서 독립을 보셔야지요."

"이 늙은이는 이제 살 만큼 살았습니다. 그저 도산 선생님께서 몸을 잘 보전하세요."

도산은 기차에 올라 노인이 보이지 않을 때까지 손을 흔들었습니다.

오랜 세월을 외국에서 보낸 도산의 눈에 조국의 산과 들은 정겹기만 했습니다.

도산은 조국강산을 다음과 같이 찬미했습니다.

"대한 강산은 조각마다 금이다!"

대동강가의 자연의 품에서 어린 시절을 보낸 도산은 자연을 매우 사랑했습니다. 도산의 자연에 대한 사랑은 곧 인간에 대한 사랑이자 조국에 대한 사랑이었습니다. 도산은 국토를 사랑하고 자연을 사랑하는 것도 사랑하기 공부라고 흥사단 단우들에게 강조하곤 했습니다.

도산이 남긴 노래 가사에 강이나 산, 바다라는 말이 많이 나오는 것도 모두 그 때문입니다. 도산의 바른 신념과 사상, 인간에 대한 따스한 사랑, 조국애는 모두 자연 속에서 싹튼 것입니다.

194

여행 중 평안북도의 백영엽의 집에 머물게 되었을 때의 일입니다.

백영엽은 중국에 갔을 때 도산을 찾아간 적이 있습니다. 그 때 도산은 나무 널빤지 위에 요를 깔고 생활하고 있었습니다.

"선생님, 이러시다가 병이라도 나시면 어쩌십니까?"

백영엽이 크게 걱정하자 도산은 그를 나무랐습니다.

"시베리아와 만주 벌판의 동지들은 눈보라 속에서 갖은 고생을 하는데 이만하면 호강이지 뭐요?"

백영엽은 그 때의 일을 평생 잊을 수 없었습니다.

'오늘 하루만이라도 선생님께 편안한 잠자리를 만들어 드려야 할 텐데……'

하지만 가난한 살림에 좋은 이부자리가 있을 리 없었습니다. 궁리 끝에 백영엽은 얼마 전 새며느리를 본 이웃집으로 달려갔습니다.

"도산 선생님께서 우리 집에서 주무시게 되었어요. 그런데 변변한 이불이 없어서요. 염치없지만 새며느리가 시집올 때 해 온 목화솜 이불을 빌려갈 수 있나 해서 왔습니다."

"아이구, 목사님, 무슨 말씀을 하세요. 그보다 더한 것이라도 드려야죠, 암요, 암요."

늙은 농부는 목화솜을 넣은 비단 이불을 내왔습니다. 백영엽은 이불 보따리를 들고 헐레벌떡 돌아와 도산의 잠자리를 깔았습니다. 도산은 새 이부자리를 대하고는 갑자기 무릎을 꿇고 앉았습니다.

"백군, 내가 이런 대접을 받을 자격이 있나? 내가 동포를 위하여 무슨 일을 했다고 이런 좋은 대접을 받겠나?"

당황한 백영엽도 도산의 옆에 함께 꿇어앉았습니다. 도산은 눈을 감고 탄식했습니다.

"저는 우리 민족의 죄인입니다. 이 민족이 저를 이렇게 위해 주는데 저는 민족을 위해 아무것도 한 일이 없습니다. 저는 죄인입니다."

백영엽의 눈에 눈물이 가득 고였습니다. 백영엽은 도산 옆에서 오랜 시간 무릎을 꿇고 조국의 장래를 위해 기도했습니다.

일본 경찰은 도산이 어느 곳에 가든지 반드시 감시를 붙였습니다. 도산이 만나는 사람들에 대해서도 일일이 기록했습니다. 도산은 사람들이 자기 때문에 경찰의 시달림을 받게 되자 대보산 자락의 깊숙한 곳에 머물기로 작정했습니다.

도산이 감옥에 들어간 후, 미국에 있던 부인은 악몽과 같은 날들을 보내야 했습니다.

"그들은 틀림없이 네 아버지를 고문할 거야. 병약한 몸에 고문을 받으면 아버지는 돌아가실지도 모른다. 내가 한국으로 가야 해."

부인은 날마다 눈물을 흘리며 걱정했습니다. 하지만 여행 경비를 마련하는 일이 쉽지 않았습니다. 귀국하겠다는 부인의 편지에 도산은 절대 오지 말라는 답장을 보냈습니다. 가족이 한국에 오면 동지들에게 폐가 될 것을 염려했기 때문입니다.

어느 날 도산이 가출옥으로 나왔다는 소식이 전해져 왔습니다. 부인은 안도의 한숨을 내쉬면서도 여전히 걱정이 태산이었습니다.

"아버지의 건강은 더욱 나빠지셨을 거야. 내가 가서 아버지를 돌봐야 해!"

큰아들 필립은 어머니의 걱정을 덜어주고 싶었습니다. 영화배우인 필립은 열심히 돈을 모았습니다.

"한 번도 아버지 얼굴을 본 적 없는 필영이에게 아버지를 만나게 해주어야 해."

도산이 상해로 갈 때 부인의 뱃속에 있던 막내 필영은 벌써 열 살의 소년이 되었습니다. 필영은 태어나서 한 번도 아버지 얼굴을 본 적이 없습니다.

마침내 한국으로 갈 수 있는 여행 경비가 모아졌습니다. 부인은 마음이 들떠 몇 번씩이나 여행가방을 다시 꾸렸습니다. 수산과 수라는 한국으로 가 아버지를 만나게 될 날만을 손꼽아 기다렸습니다. 필립과 필선은 미국에 남아 있기로 했습니다.

그들은 1936년 8월 3일, 산 페드로항을 출발하는 프레지던트 쿨리지 호를 탈 예정이었습니다. 그 소식을 들은 송종익과 동지들이 집으로 달려왔습니다.

"한국으로 가시면 안 됩니다. 도산도 귀국을 반대하는 것으로 들었어요."

부인은 그들의 태도를 이해할 수 없었지만 아무 말도 하지 못했습니다.

"일본 경찰이 가족을 가만 두지 않을 것입니다. 그렇게 되면 도산의 독립운동은 곤란에 처하게 됩니다. 또 일본 경찰은 가족을 인질로 도산에게 한국을 떠나라고 할지도 모릅니다."

필립은 송종익에게 말했습니다.

"아저씨, 우리에게는 미국 시민권이 있어요. 일본 경찰은 어머니와 동생들을 체포할 수 없어요."

"일본은 지금 미국과 전쟁을 치를 준비를 하고 있다. 게다가 혜련 여사는 미국 시민권이 없다. 그들이 도산에게 한 것처럼 일본 국적이라고 우길 것이 틀림없어."

필립은 화가 치밀었습니다.

"어느 누구도 어머니에게 아버지를 만나러 가지 말라고 할 수는 없어요!"

"필립, 지금 한국에서 무슨 일이 벌어지고 있는지 제대로 알고나 있느냐?"

필립은 간신히 화를 억누르고 사정했습니다.

"아저씨, 필영이는 지금까지 한 번도 아버지를 만난 적이 없어요. 어머니와 동생들을 가게 해주세요."

부인은 거실 소파에 앉아서 그들의 다투는 소리를 듣고만 있었습니다. 수산과 수라는 아무 말도 하지 못하고 거실 한구석에 가만히 앉아 있었습니다. 필영 역시 누나들 옆에서 시무룩한 얼굴로 서 있었습니다.

송종익은 다시 말했습니다.

"절대로 한국으로 가서는 안 된다. 그건 도산을 독 안에 든 쥐로 만드는 거야."

부인은 자신의 아들들과 도산의 동지들이 싸우는 동안 한 마디도 하지 않았습니다. 당장이라도 한국으로 달려가 남편을 만나고 싶은 마음에 가슴이 미어지는 것만 같았습니다.

'여보, 이럴 때 나는 어떡해야 하나요?'

부인의 눈앞에 도산의 단호한 얼굴이 떠올랐습니다. 부인은 아들들을 바라보았습니다. 두 딸은 눈물이 가득 고인 눈으로 어머니 옆에 서 있었습니다. 부인은 필영을 품에 꼭 안고 조용히 말했습니다.

"가지 않겠어요."

부인은 꾸렸던 짐 꾸러미를 다시 풀었습니다. 가방 속에는 며칠 밤을 새워 바느질한 도산의 한복이 곱게 개켜져 있었습니다. 부인의 눈에서 눈물이 비오듯 흘러내렸습니다.

아버지를 만날 생각으로 신이 났던 아이들은 참았던 울음을 터뜨리고 말았습니다.

2년 후 도산은 서대문 형무소에 다시 수감되었다가 끝내 눈을 감았습니다. 가족들은 두 번 다시 도산의 얼굴을 볼 수 없게 되었지요. 막내아들 필영은 이 세상에 태어나서 아버지의 얼굴을 단 한 번도 볼 수 없었으니 참으로 가슴 아픈 일입니다.

20. 대한의 독립은 반드시 이루어진다

도산이 송태산장에서 지내는 동안 많은 사람들이 그곳을 찾아왔습니다. 학생들은 하이킹을 간다고 하면서 찾아왔고 부인들은 음식을 만들어 소풍 나온 것처럼 꾸며 놀러왔습니다.

경찰은 찾아오는 사람들을 일일이 조사해 무슨 얘기를 했는지 심문했습니다. 그 때문에 도산은 마당에서 돌을 고르거나 꽃을 가꾸면서 그들을 침묵으로 대했습니다. 그래서 사람들은 도산 옆에서 몇 시간씩 같이 일을 거들다가 돌아가기도 했습니다.

어느 날 미와 경부가 송태를 방문했습니다. 미와 경부는 일본인이지만 마음속으로 도산을 존경했습니다.

"도산 선생님, 앞으로는 무엇을 하며 어디에서 지내시겠습니까?"

"글쎄요, 나는 가족을 사랑하고 그들 곁에서 지내고 싶어요. 하지만 그보다 더 중요한 일은 조국의 독립입니다. 그러니 내 남은 길은 감옥에서 죽는 길밖에 없을 것 같습니다."

미와 경부는 눈을 동그랗게 뜨고 물었습니다.

"감옥에서 나오셨는데 감옥에서 돌아가시다니 그게 무슨 말씀이세요?"

"경찰이 늘 나를 감시하고 있습니다. 만약 내가 애국 연설이라도 하면 지금이라도 당장 잡아 가둘 것입니다. 그래서 옥살이를 하고 나오면 또 잡혀가서 옥살이를 하고. 그러다 보면 결국 옥중에서 죽을 것입니다."

"선생님, 그런 생각은 하지도 마세요."

"내게 남은 길은 그것밖에 없어요. 나는 내 양심이 권하는 길을 따라갈 뿐입니다."

일본 정부는 도산을 불러들여 은밀히 제안했습니다.

"미국으로 가는 경비를 대주겠소. 미국의 가족에게로 가시는 게 좋을 거요."

"안창호가 민심을 움직인다면 평안남도에 있거나 미국에 있거나 마찬가지가 아니겠소? 감옥에 잡아넣거나 죽이더라도 마찬가지일 거요. 이천만 한국인이 다 안창호 같은 사람인데 나 한 사람을 송태에서 쫓아낸다고 해서 무슨 소용이 있겠는가?"

송태산장은 평안남도 대동군 대보면 대보산 속에 도산이 직접 지은 집입니다. 도산은 이 산 속에 아담한 기와집을 짓고 누벽사라는 이름을 붙였습니다. 푸르름이 깃들이라는 뜻에서 붙인 이름이지요. 도산은 직접 설계를 하고 인부들과 함께 벽돌을 쌓아올려 집을 지었습니다.

하루는 산장을 지을 때 일했던 인부 최씨가 땀을 뻘뻘 흘리며 송태로 올라왔습니다. 도산은 화단의 잡초를 뽑아내고 있었습니다.

"선생님, 오늘이 돌아가신 제 아버지 제삿날입니다. 마누라가 빈대떡을 부쳤지 뭡니까? 먼저 선생님께 드리려고 헐레벌떡 뛰어왔습니다."

최씨는 손에 들고 있던 빈대떡을 마루 위에 내려놓았습니다. 그런데 빈대떡을 싼 보자기가 어찌나 더러운지 때가 꼬질꼬질했습니다. 그 때 도산을 모시고 있던 조카딸 안성결은 비위가 상해 빈대떡을 한 조각도 먹지 못했습니다. 하지만 도산은 아주 맛있게 빈대떡을 먹었습니다.

"정말 맛있네요. 어렸을 때 우리 어머니께서 부쳐주시던 그 맛이에요. 최씨, 부인에게 고맙다고 전해주세요."

최씨는 신이 나서 산을 내려갔습니다. 도산은 최씨의 뒷모습을 바라보며 빙그레 미소지었습니다.

도산은 송태산장 한가운데 우리 나라의 땅 모양으로 작은 연못을 팠습니다. 연못가에 무궁화를 심고 금붕어도 놓아 길렀습니다. 감옥에서 나온 도산이 눈을 감은 후 무궁화도 시들고 금붕어도 죽어버렸습니다.

그런데 해방이 된 이듬해 봄, 죽은 줄 알았던 무궁화가 분홍색 꽃눈이 싹을 틔우고 금붕어가 다시 연못 속을 헤엄쳤습니다.

1937년 6월 6일 새벽, 일본 경찰이 갑자기 들이닥쳐 동우회 간부들을 모두 잡아들였습니다. 동우회는 순수한 인격 수양단체로서 도산의 지도를 받고 있었습니다. 하지만 일본 당국은 동우회 회원들이 민족주의자인 것을 알고는 체포하기로 작정한 것입니다.

미국 여행자에게서 빼앗은 홍사단 약법을 증거물로 삼아 동우회가 홍사단과 같은 단체라고 자백하게 했습니다. 홍사단 약법에서 '우리 민족 전도대업의 기초를 준비함'을 독립 운동 준비라고 억지를 부렸습니다. 홍사단의 입단가에서 '조상 나라 빛내려고', '부모국아 걱정 말아' 등을 한국 독립을 말하는 것이라고 꼬투리를 잡았습니다.

1937년 6월 28일, 도산은 경찰에 체포되어 다시 서울로 끌려왔습니다. 검사는 도산에게 송태산장을 짓는 돈을 댄 사람을 말하라고 다그쳤습니다.

"그들은 나를 돕기 위해 그런 것인데 이름을 말하면 그들에게 해가 갈 것이니 말할 수 없다."

"참고로 알려는 것이다. 바른 대로 대지 않으면 고문을 받을 것이다."

"젊은 동지들이 고문당하는 것을 내가 모르겠는가? 그들의 비명소리가 내 가슴을 찢어놓고 있다. 당신들이 내게는 고문을 하지 않으므로 대답해 줄 수 있는 말은 다 말했다. 하지만 조금이라도 내 몸에 손을 대면 다시는 입을 열지 않겠다."

"지금이라도 전향(이제까지의 사상, 신념, 주의, 주장 따위를 바꾸는 것)하겠다는 각서만 쓰면 당장 풀어주겠다."

"그것은 내가 감옥에서 나가 자유로운 몸으로 결정할 일이 아닌가? 지금 감옥 안에서 전향한다는 것도 우스운 일이고 할 수도 없는 일이다."

"독립이 될 수 있다고 생각하는가?"

"그렇다, 대한의 독립은 반드시 이루어진다."

"무엇으로 믿는가?"

"대한 민족 전체가 대한의 독립을 믿으니 대한이 독립될 것이요, 세계의 뜻이 대한의 독립을 원하니 대한이 독립이 될 것이요, 하늘이 대한의 독립을 명하니 대한의 독립은 반드시 이루어질 것이다."

"일본의 실력을 모르는가?"

"나는 일본이 망하는 것을 원치 않는다. 일본이 이웃 나라를 짓밟는 것은 일본에게도 해롭다. 원한 품은 이천만을 강제로 일본의 국민으로 삼는 것보다 우정을 가진 이천만을 이웃 국민으로 두는 것이 일본에게도 좋을 것이다."

도산은 자신의 신념을 검사에게 말했습니다.

그 해 겨울은 유난히도 추웠습니다. 유리창에는 손바닥만한 성에가 쩍쩍 얼어붙었습니다. 일본 경찰은 도산과 동우회 회원들을 발가벗겨 마룻바닥에 꿇어앉혔습니다.

"지금부터 너희들의 몸을 소독할 것이다."

일본은 소독을 한다는 구실로 독립지사들의 기를 완전히 꺾어놓을 작정이었습니다. 간수가 펌프를 가져와 얼음처럼 차가운 소독물을 그들의 몸 위로 뿜어댔습니다. 고문으로 찢겨지고 터진 몸 위에 쏟아지는 소독물 대포는 견디기 힘든 고통을 주었

습니다.

"아악!"

"어머니!"

"우움!"

여기저기에서 비명소리가 터져 나왔지만 도산은 눈썹 하나 까딱하지 않고 소독물 대포를 맞았습니다. 오히려 시원하다는 표정을 지었습니다. 청년들 앞에서 약한 모습을 보여서는 안 된다는 의지가 신음소리 하나 새어나오지 않도록 한 것입니다. 그 모습을 본 장리욱은 비명을 지른 자신의 행동이 무척 부끄러웠습니다.

도산의 건강 상태는 매우 나빠졌습니다. 위도 폐도 다 망가진 상태였습니다. 치통까지 앓고 있어 도산의 고통은 눈뜨고는 볼 수 없는 지경이었습니다.

도산의 기침소리와 트림소리는 감방 안의 동지들로 하여금 나라 잃은 슬픔을 뼈저리게 느끼게 했습니다. 감옥의 작은 창을 뒤흔드는 세찬 바람이 그들의 마음을 더욱 쓰리게 했습니다.

21. 꿈에라도 나타나 우리의 갈 길을 일러주사이다

　도산의 병이 악화되자 일본측은 병 보석으로 풀어주었습니다. 도산의 병명은 '간경화증 겸 만성 기관지염 및 위하수증'이었습니다. 도산은 일본이 경영하는 경성제국 대학 병원에 입원했습니다. 병실 밖에는 일본 경찰이 24시간 감시를 했습니다.

　도산의 몸은 아프지 않은 곳이 없었습니다. 뼈밖에 남지 않은 몸은 차마 볼 수가 없었습니다. 이갑의 딸 정희가 곁에서 정성으로 간호를 했지만 도산의 병은 나아지지 않았습니다.

　"이불이 배겨 견딜 수가 없다."

　도산은 정희에게 하소연했습니다.

　"얼마나 아프시면 저리 말씀하실까?"

　정희는 가슴이 메어질 듯 아팠습니다. 그날 정희는 밤을 새워 이갑이 러시아에서 쓰던 오리털 베개를 뜯어 푹신한 요를 만들었습니다. 다음날 아침이 밝자마자 정희는 요를 싸들고 병원으로 달려갔습니다.

　"선생님, 제가 요를 새로 만들어 왔어요. 이걸 까시면 덜 배기

실 거예요.”

“고맙구나, 정희야, 하지만 이제 내가 죽을 때가 가까워 온 모양이다.”

“왜 마음 약한 말씀을 하세요, 선생님, 이걸 드시고 기운을 차려보세요.”

정희는 집에서 끓여간 잣죽을 도산의 입에 떠넣어 주었습니다. 하지만 도산은 겨우 한 숟가락을 삼키고는 더 이상 먹지 못했습니다.

어느 날 대성학교 때의 제자인 선우훈이 형사의 감시를 피해 병실로 들어왔습니다. 도산은 반가운 얼굴로 선우훈을 맞았습니다.

“형사가 지키고 있는데 용케도 들어왔구나.”

“선생님!”

선우훈은 아무 말도 하지 못하고 도산의 손을 잡았습니다.

“선우군, 이불을 들춰 내 다리와 몸을 보게나. 이렇게 되어서야 내가 살 수 있겠는가?”

도산의 몸은 뼈와 가죽밖에 남아 있지 않은 처참한 몰골이었습니다.

“부인과 아이들도 모두 평안하고? 또 장인과 조형균 장로도 평안하신가?”

“네, 선생님. 장인 어른이 안부를 전해달라고 하셨습니다.”

“저기 필립이 보내온 엽서가 있네. 그애는 내가 곧 회복해 미국으로 돌아올 날만을 손꼽아 기다리고 있을 것이야.”

필립이 보내온 전보에는 '아버지, 병환은 어떠신지요?' 라고 씌어 있었습니다.

"선생님, 사모님께 귀국하시라고 전보를 쳐야 하지 않을까요?"

"당치 않은 소리."

도산은 선우훈의 말을 막고는 병실 창가의 난 화분을 가리켰습니다.

"미와 경부가 문병 오면서 가져왔네."

미와 경부는 5년 전 도산을 취조한 형사입니다. 도산이 송태에 살 때도 가끔 방문하곤 했습니다.

"그 부인은 내 꼴을 보더니 눈물을 흘리며 수혈하겠다고 하더군. 다 죽어가는 사람에게 멀쩡한 사람의 피를 왜 넣겠나, 내가 못하게 했네."

도산은 창 밖 저 너머로 푸른 하늘을 올려다보았습니다. 하늘은 변함없이 아름다웠습니다.

"내게는 죽음의 공포가 없다. 나는 곧 죽겠지만 사랑하는 동지들이 괴로움을 당할 것이 미안할 뿐이다. 일본은 힘에 부치는 전쟁을 시작하였으니 반드시 패망할 것이다. 어떠한 고통이 따르더라도 꾹 참고 앞날을 기다려야 한다."

선우훈은 바짝 야윈 도산의 손을 두 손으로 감싸안았습니다. 도산의 손등에 선우훈의 눈물이 툭 떨어졌습니다. 도산은 간신히 손을 들어 선우훈의 등을 가만히 두드려주었습니다.

선우훈은 병실을 빠져나가다가 경찰에게 잡혀 다시 감옥에

간혀야 했습니다.

정희는 몇 번씩이나 도산에게 말했습니다.

"선생님, 사모님께 전보를 치겠어요."

"왜 자꾸 쓸데없는 소리를 하나? 미국에 있는 사람을 데려온다고 다 죽어 가는 내가 살아나겠는가? 이 꼴을 보면 가슴만 더 아플 것이다."

도산의 심정도 찢어지는 것처럼 아팠습니다. 마음속으로는 사랑하는 아내와 씩씩하게 자란 아들들, 귀여운 딸들이 너무나도 보고 싶었습니다. 무엇보다 가슴 아픈 것은 단 한번도 얼굴을 보지 못한 막내아들 필영에 대한 미안함이었습니다.

도산은 오기영에게 당부했습니다.

"내가 지금 병실에서 죽는 것만도 과분한 일이다. 시베리아와 만주 벌판에서 죽어 가는 동지들을 생각해 보게. 내가 죽어서 그들의 얼굴을 어떻게 대하겠나?"

오기영은 고개를 숙인 채 도산의 한 마디 한 마디를 가슴에 새겼습니다.

"내가 죽거든 시신을 고향에 가져가지 말게. 만약 형편이 허락하면 내가 머물던 대보산으로 가져가게. 그것이 여의치 않으면 망우리의 유상규 군 곁에 묻도록 하게나."

유상규는 상해 임시정부 때부터 도산을 곁에서 모신 제자입니다. 그는 일 년 전 갑자기 죽어 망우리 공동묘지에 묻혀 있었습니다.

1938년 3월 10일 저녁 7시쯤, 도산은 병세가 더욱 나빠졌습니다. 혼수상태에 빠진 도산은 갑자기 고함을 질렀습니다. 병자의 음성이라고는 할 수 없는 힘찬 목소리였습니다.

"무쓰히토야, 무쓰히토야, 너는 큰 죄를 지은 죄인이다!"

무쓰히토는 일본 천황의 이름입니다.

자정 무렵 도산은 이 세상을 떠났습니다. 도산의 나이 예순 살 되던 해, 환갑을 맞이하기 8개월 전이었습니다.

오기영은 조각가 이국전을 데리고 경찰의 눈을 피해 영안실로 들어갔습니다. 그들은 영안실 문을 안으로 잠그고 석고로 데드마스크(death mask, 죽은 사람의 얼굴을 본을 떠서 만든 탈)를 뜨기 시작했습니다. 석고가 굳을 때까지 두 사람은 아무 말 없이 영안실의 차가운 벽에 등을 기대고 앉아 있었습니다.

도산은 그들의 영혼에 한줄기 환한 빛이었습니다. 아무리 절망스러운 때라도 도산을 대하면 가슴 속에 희망이 움텄습니다. 도산은 어디에선가 희망을 한 움큼씩 퍼오는 것 같았습니다. 도산의 주위에는 늘 환한 빛이 있었고 사람들은 그 곁에서 용기와 희망을 가질 수 있었습니다.

석고가 다 굳어 데드마스크를 벗겨내는데 갑자기 도산의 눈이 번쩍 떠졌습니다.

"앗, 선생님!"

깜짝 놀란 오기영이 부르짖었습니다. 도산의 눈은 아직도 살아 있는 것처럼 생생하게 빛나고 있었습니다. 금방이라도 국전아! 기영아! 하고 부를 것만 같았습니다.

"청년은 조국의 미래다. 낙망은 청년의 죽음이다."

"서로 사랑하면 살고 싸우면 죽는다."

두 사람은 가슴 속에서 들려오는 도산의 외침을 들었습니다.

"크흐흐흑! 도산 선생님!"

"선생님! 도산 선생님!"

두 사람은 서로를 부둥켜안고 그 동안 꾹 눌러 참았던 눈물을 터뜨렸습니다. 이국전이 주먹으로 눈물을 훔치고 도산의 부릅 뜬 눈을 다시 감겨주었습니다.

다음날 경찰은 도산의 시신에 묻어 있는 석고가루를 발견했습니다. 몇 사람의 조각가가 경찰에 붙들려가 조사를 받았습니다. 오기영은 죄 없는 조각가들이 고문당할 것을 염려해 사실을 자백했고 데드마스크는 일본 경찰에게 빼앗겼습니다.

경찰은 도산이 피의자라는 이유로 일체의 문상을 금했습니다. 처음에는 친족의 상복 입는 것까지도 못 하게 했습니다.

"이럴 수 있느냐? 만약 너희들이 선생님의 시신을 시궁창에 버리라고 하면 그렇게 할 것이다. 그러면 대한 민족 전체가 그것을 보고 분개할 것이다."

오기영의 분노에 일본은 친족의 상복 입는 것을 겨우 허락했습니다. 일본 경찰과 헌병의 삼엄한 경비 속에서 도산의 유해는 망우리로 향했습니다.

도산이 묻힐 자리에는 총으로 무장한 경찰과 헌병 30여 명이 지키고 서 있었습니다.

도산은 그토록 아끼고 사랑하던 조국의 땅 속에 묻혔습니다.

묘비명을 세우지 말라는 지시 때문에 비석조차 없는 무덤이었습니다.

1945년 8월 15일, 우리 민족은 그토록 바라던 독립을 이루었습니다.

"대한 독립 만세!"

"대한 독립 만세!"

온 나라 전체에 만세 소리가 울렸고 사람들은 기쁨의 함성을 질렀습니다. 도산을 사랑했던 청년들은 태극기를 들고 망우리로 달려갔습니다. 그들은 도산의 무덤 앞에 서서 애국가를 부르며 뜨거운 눈물을 흘렸습니다.

1948년, 망우리 묘지에서 도산의 추도식이 있었습니다. 김구는 울음을 삼키며 엄숙하게 추도사를 읽어 나갔습니다.

〈선생이여, 선생의 영혼이 계시면 이 날 이 때에 편안히 누워 계시지 못하리이다. 김구는 도탄에 빠진 삼천리 동포 ─ 그 중에도 특별히 38선 넘어 우리의 그리운 고향에 있는 가련한 동포를 대표하여 선생께 우리의 갈 길을 가르쳐 주시기를 간구하나이다. 앞산에서 두견이 울면 선생이 부르시는 줄 알 것이요, 뒤창에서 빗소리가 나면 선생이 오신 줄을 알 것이니, 꿈에라도 나타나서 우리의 갈 길을 일러주사이다.〉 (백범 김구 추도문, 1948년)

크고 깊은 사랑의 참모습

　여러분, 우리 민족에게는 잊고 싶은 아픈 역사가 있습니다. 일본에게 강제로 나라를 빼앗기고 36년간 식민지 생활을 한 것입니다. 여러분이 태어나기도 전, 여러분의 부모님이 태어나기도 전의 일입니다.

　안창호 선생님은 일본에게 빼앗긴 나라를 되찾기 위해 독립운동을 하신 분입니다. 선생님은 일본 경찰에 잡혀 감옥에 가게 되었을 때 일본 검사에게 이렇게 대답했습니다.

　"나는 밥을 먹어도 대한의 독립을 위해, 잠을 자도 대한의 독립을 위해 해왔다. 이것은 내 목숨이 다할 때까지 변함이 없을 것이다."

　저는 이 글을 쓰기 전까지 단 한 번도 '조국'이라는 것에 대해 깊이 생각해 본 적이 없습니다. 아마 이 글을 읽는 학생 여러분도 마찬가지일 거라고 생각합니다.

　월드컵 축구 경기 때 온 나라가 붉은 악마 응원단과 함께 '필승 코리아'를 소리 높여 외쳤습니다. 그때 우리 민족은 승리를 위해 한마음이 되었습니다. 우리 모두의 가슴 속에 '대한민국' '조국'이라는 이미지가 선명하게 새겨졌습니다.

오늘의 우리가 이렇게 평화롭게 살 수 있게 된 것은 안창호 선생님처럼 자기 자신을 국가와 민족에 헌신한 분들이 있기 때문입니다.

하지만 제가 안창호 선생님에게 깊이 감동한 것은 그분이 이룬 업적이나 위대함 때문만이 아니었습니다. 선생님이 지니신 풍부한 인간미가 무엇보다 감동적이었습니다.

안창호 선생님을 통해 저는 처음으로 사랑의 진정한 의미를 깨우치게 되었습니다. 지금까지 저는 사랑이 샘물처럼 항상 저절로 샘솟는 것인 줄로만 알았습니다. 선생님께서는 마른 샘물도 깊이 파면 다시 솟는 것처럼 우리도 사랑하는 것을 공부해야 한다고 말씀하셨습니다.

한 사람 한 사람이 사랑하기를 공부해 아름다운 사회를 만들고 그 사회가 위대한 국가를 이루면 우리가 사는 지구가 전쟁 없는 아름다운 곳이 된다는 것입니다.

저는 작년 여름 안창호 선생님의 맏딸인 안수산 여사를 만날 기회가 있었습니다. 89세의 안수산 여사는 어린 소녀처럼 천진하고 따스한 분이셨습니다.

저는 수산 여사를 접하면서 그 아버지인 안창호 선생님의 모습을 그려볼 수 있었습니다.

제가 이 글을 쓰는 동안 안창호 선생님은 제게 아버지가 되었고 스승이 되었으며 친구가 되어 주셨습니다.

　　여러분들도 안창호 선생님의 전기를 읽고 선생님을 할아버지로, 스승으로, 친구로 삼아 더욱 훌륭한 사람으로 성장하길 진심으로 바라는 마음입니다.

글쓴이 　윤지강

도산 안창호 선생님의 일생

1878년 11월 9일, 평안남도 강서군 초리면 칠리 봉상도(도롱섬)에서
선비 안흥국과 황몽운의 3남으로 태어났습니다.

1885년 부친 안흥국 별세 후 평양 대동강면 국수당으로 이사하여 서
당에서 한문을 공부합니다.

1891년 평안남도 남부산면 노내미로 이사해 김현진에게 한문을 배우
면서 서당 선배인 필대은을 만나 그의 사상을 받아들입니다.

1894년 평양에서 청일전쟁의 참상을 목격하고 크게 깨우쳐 서울로
올라와 구세학당에 입학, 영어와 서양의 신학문을 공부합니
다. 예수교 장로교에 입교하고 기독교 신자가 되었습니다.

1897년 필대은의 권유로 독립협회에 가입하고, 이석관의 장녀 이혜련
과 약혼을 합니다.

1898년 평양 쾌재정에서 만민공동회를 개최하고 첫연설을 했습니다.

1899년 평안남도 강서군 동진면 암화리에 우리 나라 최초의 남녀공
학 사립학교인 점진학교를 설립하고 황무지 개간사업을 했습
니다.

1902년 밀러 목사의 주례로 이혜련과 결혼한 후 교육학을 공부하기
위해 미국으로 건너갔습니다.

1905년 샌프란시스코에서 〈공립협회〉를 창립하고 초대 회장이 되었

습니다. 이해 큰아들 필립이 태어났습니다.

1907년 서울에서 비밀정치 단체인 〈신민회〉를 창립. 이토 히로부미
와 대담하고 청년 내각을 제의받으나 거절했습니다.

1908년 평양에 대성학교를 설립하고 교육사업에 전념했습니다.

1909년 신민회 청년회 조직으로서 〈청년 학우회〉를 창립하고 청년
운동을 전개했습니다. 안중근 의거가 일어나자 배후 혐의로
서울 용산 헌병대에 잡혀 들어가 2개월 만에 석방되었습니다.

1910년 중국으로 망명, 청도회담을 개최하여 독립 운동을 펼치려 하
나 동지들의 의견 불일치로 뜻을 이루지 못하고, 러시아의 블
라디보스톡으로 건너갔습니다.

1911년 블라디보스톡에서 베를린과 런던을 거쳐 뉴욕으로 건너가 가
족과 다시 만났습니다.

1912년 〈대한인국민회〉를 조직하고 초대 회장에 선임되었습니다. 이
해 둘째아들 필선이 태어났습니다.

1913년 샌프란시스코에서 청년학우회를 계승하는 〈흥사단〉을 창립
했습니다. 대한인국민회 부설로 클레어몬트 학생양성소를 다
시 세웠습니다. 이 학교는 미주에서 태어난 2세 어린이들에게
우리 말과 우리 글을 가르쳤습니다.

1915년 큰딸 수산이 태어났습니다.

1917년 멕시코의 동포들을 찾아 계몽 지도를 했습니다. 둘째딸 수라
가 태어났습니다.

1919년 3·1 운동 소식을 전해 듣고 상해로 건너가 임시정부의 내무
총장으로 취임했습니다.

1920년 북경에서 미국 국회 의원 동양 시찰단 일행을 맞아 한국의 독

립을 호소했습니다.

1923년 상해에서 국민 대표회를 개최하고 대 독립당 결성과 독립 운동 근거지 이상촌 건설 계획을 수립했습니다.

1924년 남경에 동명학원을 설립하고 「동포들에게 고하는 글」을 썼습니다.

1926년 미국에서 다시 중국으로 건너가 가을부터 만주 길림성 일대를 돌아보며 이상촌 사업을 추진했습니다. 막내아들 필영이 태어났습니다.

1928년 이동녕, 이시영, 김구 등과 상해에서 한국 독립당을 결성했습니다.

1932년 윤봉길 의사의 상해 홍구 공원 폭탄 투척 사건으로 체포되어 고국으로 압송되어 왔습니다. 서대문 형무소와 대전 형무소에 갇히게 되었습니다.

1935년 대전 형무소에서 가출옥으로 석방되었습니다. 지방 순회 후, 평안남도 대보산 송태산장에서 사람들과 만났습니다.

1937년 동우회 사건으로 홍사단 동지들과 함께 체포되었습니다. 병이 위독해 12월 24일, 보석으로 출감되었습니다.

1938년 3월 10일 자정, 운명하셨습니다. 서울 망우리 공동묘지에 묻히셨습니다.

1962년 건국공로훈장(3·1절)에 추서되었습니다.

1969년 4월 21일, 미국에서 부인 이혜련 여사가 운명하셨습니다.

1973년 11월 10일, 도산 탄신 95주년과 홍사단 창단 60주년을 맞아 안창호 선생과 부인 이혜련 여사의 유해가 이장되어, 서울 강남의 도산공원에 안장되었습니다.

글쓴이 윤지강

충북 제천에서 태어나 숭실대학교 국문과를 졸업했습니다.
1995년《동서문학》에 단편소설「팔레트와 물감」신인상 수상으로
소설가가 되었습니다.

그린이 원유미

서울에서 태어나 서울대학교에서 산업디자인을 공부했습니다.
그린 책으로『나와 조금 다를 뿐이야』,『쓸 만한 아이』,
『500원짜리 동전 속의 은빛 학』,『사람이 아름답다』,『애기바늘꽃의 노래 』,
『신발 귀신나무』,『아주 작은 학교 』등이 있습니다.

도산 안창호 이야기
〈사〉도산안창호선생기념사업회 편
★
초판 1쇄 2005년 6월 1일
초판 8쇄 2017년 12월 15일
개정판 1쇄 2023년 6월 5일
★
지은이·윤지강
펴낸이·김요일
펴낸곳·아이들판

주소·서울시 마포구 신수로 59-1(04087)
대표전화·02-702-1800   팩스·02-702-0084
이메일·munse_books@naver.com
홈페이지·www.msp21.co.kr
출판등록·제10-2558호(2003. 1. 22)
★
값 16,000원
ISBN 978-89-5734-025-7